今夜、君に殺されたとしても

瀬川コウ

講談社
タイガ

characters

橘《たちばな》 終《おわり》——片白江高校二年生

乙黒《おとぐろ》アザミ——終の双子の妹

鷺森《さぎもり》綾香《あやか》——片白江高校養護教諭　犯罪心理学者

澤田《さわだ》佐保子《さほこ》——片白江高校体育教師

水次《みつぎ》月《つき》——終のクラスメイト　学級委員長

百枝《ももえだ》さなえ——小学六年生　現在行方不明

神楽《かぐら》果礎《かそ》——自称・高校生探偵

c o n t e n t s

カバーイラスト　wataboku
カバーデザイン　名和田耕平デザイン事務所

今夜、君に殺されたとしても

◆プロローグ

「四人目が殺されたな」

放課後、養護教諭の鷺森《さぎもり》先生に呼び出されていたので保健室を訪ねると、彼女は振り返ることもなく言った。

「そうみたいですね。今朝のニュースで観ました」

鞄《かばん》を置き、ギコギコとうるさい円形の椅子《いす》に座った。保健室には僕と――常に閉まっているカーテンの奥のベッドに寝ている人以外、生徒はいないようだった。

六月だというのに夏日も多い。午後四時半であっても外に降り注ぐ日差しは厳しく、見ているだけで汗が噴《ふ》き出てきそうだった。

鷺森先生はノートパソコンの画面を見つめながら何かを読み上げた。

「相良壮子《さがらそうこ》、三十六歳、レンタルビデオ店のバイト。午後十一時、バイトが終わり帰宅途中に公園の公衆トイレにて殺害された。体中《からだじゅう》がナイフで傷つけられていた。あえて致命傷をさけ、あちこちをナイフで刺していたことから、快楽目的だと思われる」

昨夜殺害された人物の情報だった。

「異常事件だな」

現在、この片白江市《かたしらえ》では連続殺人事件が発生していた。被害者はこれで四人目となる。どれもが見るも無残《むざん》な惨殺死体にされていた。

「よくある、異常事件だ」

鷺森先生がうんざりするように言った。

よくあるなら、異常ではないだろう。しかし、鷺森先生の言うことも分かった。毎日のように人が殺されたとニュースになる。その中で異常事件というのは、さほど珍しくもない。日本の規模でさえそうなのだから、世界でみたらきっと、異常事件なんて日常の範囲内なのだろう。

「――でも先生」

それでもなお、この事件はよくある、と流すことはできなかった。

ああ、と鷺森先生が肯定する。

この事件の最大の謎《なぞ》。

ただ凄惨《せいさん》なだけではなく、理解ができない事柄。

「現場には未使用のロープと手鏡が残されていた」

その特徴からこの事件は、紐鏡《ひもかがみ》事件と呼ばれている。

鷺森先生が事務椅子を回転させてこちらを向く。特徴的な長髪が遠心力で広がり、彼女の顔を覆《おお》った。髪が鼻に入ったのか「ぶっしゃい！」と文字通り不細工なくしゃみを三連発する。背がすらりと高く、白衣姿も相まっていかにも仕事ができそうに見えるが、実際は結構抜けている。以前、犯罪心理学者として第一線にいたというのが信じられない。

「橘《たちばな》、ティッシュとってくれ」

「先生の方が近いです」

「今、この両手をどけたら乙女が惨《みじ》めったらしい顔を晒《さら》すことになる」

乙女というキャラじゃないだろう。

鼻を覆う両手の部分にティッシュを数枚突っ込むと、エイリアンのように指をもそもそと動かしてティッシュを手の中に入れる。椅子をまわし、背中を向けて鼻をかむ。使用後のティッシュをゴミ箱に放り投げたが、外した。

「ん。たばこ吸っていい？」

自由すぎる。

「校内は全面禁煙です」

「で？」

「鷺森先生は生徒の健康管理が仕事です。手本となるような行動をすべきです」

「で？」

「……どうぞ、吸ってください」

最初から答えが決まっているなら僕に許可を求めるな。

鷺森先生が立ち上がり、ドアを施錠《せじょう》する。他《ほか》の生徒に見られないようにするためだろう。この人、どうして教員なんかやっているのだろう。会うたびに本気で思う。

煙を吐《は》き出し、デスクの上の空き缶に灰を落とした。

鋭い視線を斜めに投射《とうしゃ》した。

「この犯人はどうしてロープと手鏡を現場に残すんだろうな」

「ええ、本当にどうしてでしょうね」

ロープ。

手鏡。

この二つが並んで存在することがまず想像できない。ロープは登山などで使われるワイヤーロープであり、手鏡は雑貨屋に売っていそうなシンプルな手鏡である。交わることのない二つの物体――。

「犯人は、ロープがあるにもかかわらず、必ず刺殺する。ロープは未使用のまま、そこに置かれている」

ロープも手鏡も使った痕跡がない。

それなのに現場に必ず残っている。

いったい何のためにロープと手鏡を残していくのだろうか?

首を絞めようと思ったがいつも失敗して争いになり、結局はナイフで殺すに至る。

殺した後に首を絞めて楽しんでいる。

様々な憶測がテレビや雑誌で飛び交《か》っているが、結論は出ていなかった。

「おそらく、何らかの儀式みたいなものじゃないか?」

鷺森先生が煙を吐く。煙が僕の肺に入り込んでむせた。

「儀式? 何のですか?」

さあ、と肩をすくめた。

「もしくはメッセージ」

そうだとしても、どんなメッセージなのか、意味が分からなかった。

「適当ですね」

「適当じゃない。現にそういうことにこだわる殺人犯はいるんだよ。殺人に、殺人以外の意味を見いだすやつ」

「はあ」

鷺森先生はまだ長く残っているたばこの先をぐりぐりと空き缶の口に押しつけた。

「お前になら分かるんじゃないのか?」

「先生にこそ、分かるんじゃないんですか?」

先生があきれたように笑った。

連続殺人事件の最初の被害者が出たのは二ヵ月前だ。

それからしばらくして、僕は鷺森先生を訪ね、この事件について――特に犯人の心理についての推理を求めた。鷺森先生がもともと犯罪心理学専攻だというのは学校では有名な話だ――というのも、僕のクラス担任である澤田《さわだ》先生が吹聴《ふいちょう》してまわっているからだ。きっと悪意はない。澤田先生は生徒と距離が近いだけだ。

鷺森先生は新しいたばこに火をつける。深く吸い込み、自らの内にたまった何かを吐き出すように、煙を吐いた。

無意味だ、と先生はつぶやいた。

僕に伝えるためではなく、自らに問いかけるようなつぶやきだった。

「この事件は、私には分からないよ」

「どうしてですか。大学時代、その知識を使って探偵ごっこをしていたと聞いていますが」

「チッ、また澤田のやつか」

たばこを空き缶の中に放り、伸《の》びをする。椅子に浅く腰かけて全身を伸ばした。

「……犯罪心理学は、ある程度までは確かに使える。しかし、今回のようなケースには使えないんだよ」

「今回のようなケース？」

鷺森先生は僕をちらりと見て、足を組み直す。

「ある日、地下鉄駅構内の一つのドアから異臭がすると連絡が入った」

「……？」

急な語りに置いてけぼりになる。頭上にハテナを浮かべている僕に、先生は手を突き出し、いいから聞けと示した。

「そのドアの奥には地下に続く螺旋《らせん》階段があり、行き着いた底には、行方不明者の頭部が円形に並べられていた」

「頭部……？」

「皮膚を切り貼《ば》りされ、様々な表情が無理やりに作られていた。犯人は近くのデスクに座っていた。地下鉄の職員だった。警察が到着すると笑顔で迎え、抵抗することなく拘束された」

先生は挑戦的な目つきで僕を見た。

「さて、犯行の動機は？」

「……さあ」

分からないことが多すぎて判断がつかない。

なぜ頭部を並べたのか。

なぜ円形なのか。

なぜ切り貼りして表情を作っていたのか。

なぜ抵抗しなかったのか。

「その犯人は協力的で、犯行についても全て正直に語った。おかげで捜査は順調に終わったが、しかし、動機だけが分からなかった」

「え？　だって、その犯人は動機も語ったんでしょう？」

先生がどこか遠い目をする。

「そうだ。聞いたことには全て即答してくれた」

「それなら分かるでしょう。どうして頭部を並べたのか、とか」

「そうした方が自然に思えたから」

「は？」

自然？

「と、彼は答えたんだ」

僕が唖然《あぜん》としていると、先生が堰《せき》を切ったように語り出した。

「円形に並べたのは、友情の輪だから。様々な表情を作ったのは、感情の豊かさは幸福に直結するから。そもそもこの犯行に至ったのは——門をくぐったから」

「……それは」

支離滅裂《しりめつれつ》だ。そう言おうとして口を噤《つぐ》む。

「問題は我々の方だったんだ」

そこで、これが先生の実体験だと気づいた。

実際のその犯人を前にして、質問を重ねた。

犯罪心理学者として。

「どんなに聞いても、理解できなかったんだよ」

「………」

理解、できない。

人間は無意識に、自分が感じていることを皆も感じていると判断する。

自分が見ている景色を、皆が同じように見ていると思う。

自分の延長に相手がいると思ってしまう。

誰かにとっては、それが別の景色に見えているかもしれない、ということを失念している。

もしそういう人と出会ってしまった場合、どれだけ話し合おうが、その景色の定義はできない。

異物だ。

先生は手をひらひらと動かし、自虐《じぎゃく》的に笑った。

「明らかに向こう側の人間に対しては、犯罪心理学は使えないんだよ」

「向こう側、ですか」

「もしくは、人間の皮をかぶった何か」

「……先生は、今回の事件も、向こう側の犯行だと思っていますか」

「さっきからそうだと言っている」

凄惨な殺人。

ロープ。

手鏡。

犯行の動機。

先生は僕の目をまっすぐ見つめ、何かを訴えるように言った。

「気持ちが分かるとしたら、同じ向こう側の人間だけだろうよ」


今回の連続殺人事件——俗に言う紐鏡事件の犯人は分かっていた。

いや、分かっているということになっていた。

紐鏡事件が、まだ連続になる前。つまり、一人目が殺されたすぐあとに、犯人が逮捕された。

犯人が乙黒《おとぐろ》アザミという女子高校生であることに、世間は衝撃を受けた。

しかし、それ以上に世を震撼《しんかん》させることが起こった。

その殺人犯が逃げ出したのだった。

二ヵ月経《た》った今も、まだ逮捕はされていない。

——アザミ。

小学校では集団下校が強制され、中高では部活動を取りやめ早期帰宅が義務づけられた。地元警察が総動員され、見張りや巡回を行っているが、それでも逃げ出した殺人犯は捕まらず、それどころか、嘲笑《あざわら》うように犯行が繰り返されている。

ここが田舎《いなか》町であることも犯人が捕まらない理由の一つだろう。監視カメラはほとんどなく、逃げ出した殺人犯の足取りが早々に分からなくなっていた。

「……アザミ」

呟《つぶや》くと、彼女との思い出が走馬灯のように頭を駆け巡り、その後に、じんわりと広がるあたたかい感情だけが残った。

乙黒アザミは、僕の双子の妹だ。

鷺森先生と話した後、澤田先生が窓側から乗り込んできて、たばこを吸った鷺森先生をしばき倒していた。彼女たちは大学の同期で仲が大変よろしいのだった。澤田先生はとにかく健康にうるさく、昼食も教室で摂《と》り、生徒たちの弁当のメニューに点数をつけてまわるような体育教師だった。「口にするもので体はできている」が口癖《くちぐせ》だ。

澤田先生の方がよっぽど養護教諭らしい。

ちなみに僕の弁当は〇点とのこと。弁当箱にもやし炒《いた》めしか詰めていない僕が悪い。しかし経済的な理由でメニューの改善は見込めなかった。

夕日が街を赤く染めるのを見て、どこかにいる殺人鬼について思いを馳《は》せた。

アザミ。

僕の双子の妹。

中学から別居し、苗字《みょうじ》も違うけれど、確かに僕と血を分けた半身である。

彼女が本当に殺したのか――？

皆が、彼女が殺したと言う。

確かに彼女の行いに心当たりがないわけではなかった。それでもアザミはやってない。

警察なんか信じていない。彼女が捕まったのも何かの間違いだ。

彼女が人を殺すわけがない。

自宅アパートに着き、駐輪場に自転車を停《と》める。

いつ見ても崩壊しそうなアパートだな、と思う。廃墟《はいきょ》好きが写真を撮りに来そうだ。

2DKで家賃一万五千円ならば、見た目や築年数、ゴキブリは我慢するしかない。最近になって防音の観点から空いていた隣の部屋も借りた。別に何に使っているわけでもなく、物置になっている。これで合計三万円。高校生の僕にとっては大きな出費だ。

一〇一号室の鍵《かぎ》を開け、ホームセンターで買った後付け型の番号鍵も開錠する。滑《すべ》り込《こ》むように中に入り、施錠。靴を脱ぎ、ダイニングを抜けてドアを開ける。

「あ、おかえり」

乙黒アザミがベッドに寝転び、ゲームをしていた。

切り揃えられた細くしなやかな髪、色素が薄い瞳《ひとみ》。作られたような白い肌、透明な指先。空間に溶け込んでしまいそうな、薄く伸ばした存在感を放つ少女だった。

しかし、輪郭《りんかく》だけが異様にくっきりとしている。

まるで赤く縁取られているようだ。それがどこか、不協和音のようで得も言えぬ感情をもたらす。

彼女が携帯ゲーム機の画面を僕に見せつけてくる。

「見てー、レベルが二百を超えたの」

「そう」

僕がブレザーを脱ぎ、着替えていると、彼女が背中から抱き着いてきた。

「どうした?」

少女は頬《ほお》を紅潮させ、僕から目をそらして言った。

「や、ちょっと、さみしくて」

「……そっか」

「一日のほとんど、終《おわり》がいないんだもの。やることないし。外にも出られないし」

そうか、そうだよな。

しかし、今は我慢してもらうしかない。

「アザミ」

名前を呼んで、振り返る。

「晩ご飯、肉だよ」

「にくーー!　久しぶり!」

アザミが無邪気に喜ぶ。

それを見て、奪われるもんか、と思った。

確かにアザミは人と違う。でも、こんなに素直で可愛《かわい》らしい。

彼女が人を殺しているはずがない。

二ヵ月前、逃げ出したアザミは僕の家を訪ねてきた。どうぞどうぞと部屋に招き、こういうことになっている。

さて。

どうしようか。

そして思考がすぐに袋小路《ふくろこうじ》に行き詰まる。

どうしようもない。分かっていた。

正義の味方はやっつけにくるだろうし、愛は現状打開にまったく役に立たない。友情に頼ってみたところで「君のためだ」と通報されるか、距離をおかれるかだ。国に助けてくれと懇願《こんがん》してもそもそもが敵だし、学校に救いを求めても大騒ぎした末に通報されるだろう。


そして最後の希望である、時間も解決してくれない。

真っ当な救いなんて存在するはずもない。

詰んでいる。

「アザミ」

はしゃいでいたアザミが僕の呼びかけで動きを止める。

もし、犯人がアザミではないのなら。

——いや、アザミであっても。

連続殺人犯を探そう。探し出して、捕まえてやろう。

ただ、僕らの幸せのために。

「僕が必ず自由にするから」

アザミはきょとんとしていたが、すぐに笑顔になって僕の胸に飛び込んできた。

◆一章　赤の理由

0

昨日午前五時頃、片白江高校生徒襲撃事件の新たな被害者が出ました。被害にあった生徒は、登校中、突然現れた覆面《ふくめん》姿の人物に襲われ、注射器のようなもので血液を抜かれたとのことです。襲われた生徒は軽傷であり——

1

「ふぎゃっ」

星が散った。

あまりの衝撃に、頭の中からさきほどまで見ていた夢が吹き飛んでいった。一緒に希望と愛と意識も。何とか意識だけ回収して目を開く。

「知ってる天井だ……」

いつもの自宅の天井だった。

確かバイトで疲れ切り、そのまま意識を失っていたと思うのだけれど。

頭が痛い。鈍痛《どんつう》だ。そして首の筋も痛い。変な方向に曲がっている。なぜか顔が濡《ぬ》れていた。触って確認してみると、水のようだった。

血じゃなくてよかった。

ベッドから起き上がり、頭を押さえながらあたりを見渡すと、椅子が転がっていた。

はて、これはダイニングにあったはずだが……。

反対方向を見ると、アザミが僕を凝視《ぎょうし》していた。

「アザミ」

「は、はあい」

アザミは僕と目が合うと、その瞬間に視線をさまよわせる。指で指をもみ、足元がせわしなかった。

「この中に、椅子を僕の頭に投げつけた人がいます」

「投げつけたわけじゃないよ。落としただけ」

いきなり犯人の自白があったが、探偵ごっこを始めてしまった手前、辞めるわけにもいかなかった。

「この家には僕とアザミしかいない」

「私です」

「そして僕は寝ていた」

「ごめんなさい」

「つまり犯人は、アザミだ」

彼女を指さしたときには、既に土下座をしていた。

申し訳なさそうに顔を上げる。

「髪の毛を抜いても顔に水かけても起きないから……」

「結構ひどいことしてんのな」

痛みに鈍《にぶ》い僕でも、椅子を頭の上に落とされれば痛い。

「お腹《なか》が減ったから、何か作ってもらおうと思って」

「目的は分かったが、椅子で殴るのはやめなさい」

死んだらどうする。

この椅子、十キロくらいあるだろ。

時計を確認すると六時過ぎだった。学校に行くまでにはまだ時間がある。アザミから要望があったわけだしゆっくり朝食でも作ろうか。

頭がぼうっとする。これは頭を殴られたからか、それともバイトを終えて家に帰ってきたのが午前二時だからか……。

その時、ツーとこめかみを生暖かいものが伝う感触があった。触ってみると妙なぬめりがある。

血液だった。

頭がいまいち働かない理由は椅子で殴られたからのようだった。

どうして頭部の出血っていつも時間差攻撃をしかけてくるんだろう。

アザミが僕の頭部を見つめて、驚いたように口に手を当てた。

「大変、終、血が出てる」

「あなたがやったんですが」

「手当てしないと」

「おい、ちょっ！」

アザミが僕の上に乗ってきて、草むらをかき分けるように乱暴に髪の毛を引っ張り、その隙間《すきま》に口をあてがった。

吸引。

そんなココナッツみたいに吸われても。脳味噌《のうみそ》まで吸われそうだった。

「舐《な》めれば治るよ」

「治ればいいけど」

本当なら縫《ぬ》った方がよい傷なのだろうが、別に痕《あと》になっても気にしないし、何よりお金がないから行けない。世知辛《せちがら》い。

「……ねえ、そろそろいいのでは？」

かれこれ五分ほど吸われている気がする。というか、傷口に舌を突っ込まれて余計に出血がひどくなっている気さえする。

アザミをどうやって振り払おうか考えていると、僕のスマホが鳴った。

それに合わせてアザミがピタリと動きを止める。

ディスプレイを確認すると、片白江高校からの着信であった。


学校が休みになった。

外出禁止命令である。

ついに学校の休みを勝ち取ることができた。

体中の力が抜けた。これで今日は、ゆっくり休める。

本当に何もない日なんていつぶりだろうか。今日は眠ろう。泥のように眠ってしまおう。

そもそもの話、紐鏡事件の殺人鬼が闊歩《かっぽ》しているのだ、学校はすべて休みにして皆、家に引きこもるべきだったのだ。そうしたら今回の事件も起きなかった。

しかし、社会というのは回っていることに意味がある。皆が停滞を始めた瞬間、それは社会ではなくなってしまう。たかだか殺人鬼くらいで日常が壊されてはいけないということだ。

しかし、片白江高校生徒襲撃事件の前では日常は無力であった。

片白江高校生徒襲撃事件——通称、採血事件。

早朝の登校中や、下校中、もしくは深夜外出中の生徒が覆面を被《かぶ》った賊《ぞく》に襲われるという事件だった。ここまでならよくある不審者騒動だが、この事件の特異性はその犯行内容だった。

生徒をスタンガンで気絶させ。

注射器で血を抜き取る。

たったシリンダー一本分。

抜き取った後は止血処理を施し、犯人は速やかに去る。

紐鏡事件の最中だが、ターゲットが片白江高校生に限られ短期間に連続的に犯行が繰り返されたことで、警察も対応せざるを得なくなった。

良心的な犯罪、と言ったらおかしいが、しかし、犯人は被害者に配慮しているように思えた。どうしようもなく血液が必要で、心を痛めながら採っている。そういう趣《おもむき》がある。悪意で——もしくは僕には分からない向こう側の理由で行われている犯罪ではないように思えた。

止血処理をする。

これは犯人にとってリスキーだ。

そんなことをせずにすぐにその場から去った方がいいはずだ。

この犯人は、被害者を、人間を、大切に思っている。

そこに共感がある。

まあ、何にせよ関係のない事件だ。

そのうち警察が捕まえて学校が再開、日常が返ってくるだろう。

だからそれまでただ家にこもっていればいい。

アザミと一緒に。

「アザミ、ご飯できたよ」

「あーい」

朝から優雅《ゆうが》にオムライスを作ってしまった。

オムライスって原価が安いし、素早《すばや》く作れるし、何よりおいしいし、本当に優れた料理だと思う。橘家では殿堂《でんどう》入りしている。僕がまだ乙黒の姓を名乗っていた頃、父もよくオムライスを作ってくれていた。

配膳《はいぜん》をすると、いただきますもなく、アザミががっつき始めた。

「ひょいひー」

「ならよかったです」

ついているテレビに目を向ける。テレビは二十四時間つけたままにしていた。僕は世の動向に目を向ける時事問題に関心が強い高校生——なわけではなく、ただ紐鏡事件について聞き逃さないようにするためだった。

場合によっては、アザミをこの家から逃がさなくてはいけない。

アザミがオムライスを詰め込み、頰を膨《ふく》らませているのを見て自分の口元がほころぶのが分かる。

日常。

ニュースを常につけていないと、アザミが殺人犯として追われているということを忘れそうになる。

いつ警察が家に来てもおかしくない、そう心の中で唱える。

実際に、アザミが脱走した当初、この家にも警察が聴取に来た。その時には既にアザミは僕の家にいたが、玄関であしらうと警察はあっさりと去っていった。心臓の強い鼓動《こどう》はしばらく元に戻らなかった。

気が緩《ゆる》んだ瞬間にアザミを失うかもしれないのだ。

ただでさえここは目をつけられやすい場所だ。

ふと、前から思っていた疑問が湧《わ》いて出てきた。

「そういえばアザミって」

「ん?」

アザミがスプーンをとめて、しかし咀嚼《そしゃく》はとめず、こちらに目を向ける。

「いや、変な意味はなく、僕はアザミがここに来てくれて嬉《うれ》しいんだけど、それでもどうしてうちを選んだのかなって。ここってバレやすいでしょ?」

アザミがこの家に来てからずっと聞きたかった。

この日本で、警察から逃げつつ一人で生きることは難しい。しかし、僕の援助を受けるならまだしも、一緒に住むと言い出すとは思わなかったのだ。

この家は、誰もが目をつける。最も危険な場所とも言えそうだと思った。

「そんなの終に会いたかったからに決まってるでしょ」

「なるほど……」

単純だ。

それで飲み込めそうだった疑問は、アザミの「まあ」という言葉で保留された。

「それと、ちょっとやりたいことがあってねー」

「やりたいこと？」

「うん」

うん。

そこでアザミは口を噤み、オムライスを口に詰め込む作業へ戻っていった。いつの間にか僕の前に配膳されていたオムライスも消えていた。アザミの前に皿が二枚重なっている。こいつ、いつ取りやがった。

ふと、テレビを観ると、興味深い内容が放送されていた。

ワイドショーだった。そこでは、この県から離れた場所で起こった、断髪事件のことを特集していた。

断髪事件。

いずれも通り魔的に、女性の長い髪を一掴《ひとつか》み、根元から刃物のようなもので切断して持ち去るというものだ。

「…………」

異常事件だ。

紐鏡事件、採血事件。

そして遠い離れた地とはいえ、断髪事件。

普段はあまり気にしないが、ひとたび気になりだすと、世の中は異常事件に溢《あふ》れている。被害者女性のインタビュー。カメラは胸のあたりを写していて、声は加工され、音が割れていた。

『本当にショックです。髪というのは女性にとって非常に大切なものなんです。もう怖くて外に出られない』

胸元にかかる髪を愛《いと》おしそうに撫《な》でながらそう答えていた。それが終わると画面が切り替わり、番組の出演者が「残酷ですね」とか「許せませんね」と悲痛な顔で話した後に、専門家のコメントが出た。

異性の髪に対して異常な執着を見せる人間がいる。フェティシズムの一種かもしれない。もしくは女性全般に対して憎悪の感情を持つ者による復讐《ふくしゅう》行為なのかもしれない。

犯行の動機が分からずに捜査は難航しているだろうということだった。

ふとアザミを見ると、目を細めてテレビを凝視していた。その横顔は、昔飼っていた犬が死んでいるのを見つめているときの表情を想起させた。

「……アザミ?」

「ん?　なに?」

「どうかした?」

アザミがちらりと僕をうかがう。

「いや、ズレてるな、と思って」

「ズレてる？」

「この事件、別に犯人のフェティシズムとか復讐じゃないと思う」

「……じゃあ何だと思う？」

まるで明日の天気でも言うかのような、日常に溶け込んだ声音だった。

「私なら楽器にするかなー」

楽器。

「…………」

何を言っているのか、しばらく分からなかった。

頭髪を使った弦楽器ということだろうか。

人間の髪は、音を奏《かな》でるように加工できるのか？　なんで人間の髪を？　楽器にしてどうするつもりだ？

何にせよ気色が悪い。

意味が分からない。

「……なんでもない、忘れて」

アザミが僕から目をそらして、無理やり口元に笑みを浮かべる。

目元は暗く、明確に傷ついた表情をしていた。

自分の頬を触ると、表情が引きつっていたのが分かった。

「違うんだ、アザミ」
否定してみるが、その後に言葉は続かない。
まごつく僕を見て、アザミが目を伏せた。
「私、……気持ち悪い？」
「そんなことない」
僕の否定はアザミに響かなかったようで、彼女は黙って立ち上がる。
何か声をかけようと思ったが、口から言葉は出ない。アザミは隣室に行ってしまった。
一度も振り返ることはなかった。
思わずため息がこぼれる。
アザミのことを気持ち悪いと思ったことはない。
ただ、背筋が粟立《あわだ》つことはある。それは、分からないものへの恐怖ゆえだ。
僕とアザミは違う。
どこから違うかというと、それが分からなくなるくらいに違う。
そしてそのズレのようなものを、アザミは気にしている。気にするな、とは言えない。
そんな無責任で、何の解決にもならない気休めを、アザミは求めていない。
アザミのことが分からない。
何を考えているのか？

やりたいこととは何か？

本当に殺したのか？

そして、今もなお、殺しているのか——？

連続殺人についての話題は、今まで一度も出したことがない。言い出せないのだ。それをアザミも分かっているのか、向こうから切り出してくることもない。

連続殺人犯って、君？

そう聞いて、否という回答が得られたら、どれほど安心するだろう。

しかし、それと同時に、アザミを深く傷つけてしまう。

僕は、僕だけは、彼女の理解者でいなくてはいけない。そうでないと、アザミは一人ぼっちになってしまう。だから、聞いてはいけない。

僕ができることは彼女を信じてただ日常を送ることくらいだろう。

信じるしかないのだ。

アザミの、オムライスを食べているときの可愛らしい笑顔を思い出す。

大丈夫、アザミは殺していない。

殺していない。

しかし、見つけてしまった。

洗い物をしてから洗面所へ移動し、洗濯をするために衣類のポケットをチェックしているときだった。

「あっ」

心臓が跳ねるのが分かった。

ズボンの臀部《でんぶ》外側に血液が付着している。

血。

少量だが、飛び散るようについている。

水たまりを踏みつけたときに泥水が撥《は》ねたような形状。何かが勢いよく出血したか、もしくは血だまりを踏んだか。水で洗ったのか、血液の汚れが薄くなっている。

唾《つば》を飲み込む。

アザミが隠したがっているという証拠だった。

アザミが着る服は、僕のものだ。女性服を買ったことがバレたら、家にアザミを匿《かくま》っていることが分かってしまう。

アザミがこのズボンをはいていたのは、いつだったか。

思い出せない。しかし、最近はいていた気もする。

アザミはもしかして、外出しているのだろうか。

セロハンテープを使い、アザミの行動を調べている。

玄関は使われた痕跡はない。

しかし、窓には毎日のように開けた痕跡が残っているのだった。僕が寝ている間、学校に行っている間、バイトをしている間、彼女は頻繁に窓を開けている。

窓を開けることは禁止していた。

アザミが見つかったら、それだけで一発アウトだ。アザミの行動を注意しようとも思った。しかし、できなかった。

彼女が何かをしている。

彼女の行動を注意することは、つまり、その何かに触れることになるからだ。危《あやう》い。

人に何かを強《し》いるということは、信じていないということだ。

僕はアザミを疑っていない——ただそれを示すために、僕はアザミに自由を与えている。

内心、どうであれ。

人と人との付き合いは、結局外側しか見えない。だからこそ、そこが重要だ。

僕ができることは、アザミが窓を開けた日にちをメモし、それと犯行が行われた日が重なっていないのを願うことだけだった。

もしアザミが家にいるときに犯行が行われていたら、それはアザミが犯人ではない証明となる。

アザミはただ換気で窓を開けていただけだ。

外出はしていない。

そう思いたい。

しかし、紐鏡事件が起こった日には、必ずアザミは窓を開けていた。

ふと、僕のスマホが軽快な音を出した。電話だ。

初期設定の音なのだが、あまりにポップすぎるために変更したい。しかし機械系に疎《うと》く、変え方が分からないのであった。

ディスプレイには「鷺森先生」と表示してあった。

洗濯物をすべて放り込み、洗剤と柔軟《じゅうなん》剤を投入してスイッチを押す。それでもなお鳴っていたので、出る。

「もしもし」

『出るのが遅い』

「一人暮らしは何かと忙しいもので」

『教師からの電話にすぐに出るようにと教わらなかったか？』

「生徒と教師は電話番号を交換してはいけないとは教わりました」

『ニュースは観たか？』

　都合が悪くなると会話を急ぐのが鷺森先生の手口だった。

「観ましたよ」

『ちょっとその事件について話したいことがある。会えないか？』

「デートですか」

『黙れ。生徒に手を出すほど男に困っていない。見てろ、明日にでも結婚してやる』

「結婚を急ぐといいことありませんよ。殺人鬼と結婚してしまいます」

『私にだって彼氏くらいいたことあるぞ。六年前に』

「それ、どれくらいの間付き合ったんでしたっけ」

　確か数時間とかいう付き合ったのかどうかも分からない時間だったはずだ。瞬間のお付き合い。それって弄《もてあそ》ばれただけなのではないか、とも思うが、鷺森先生を弄べるような人間もいないだろう。

『それで、何時がいい？』

「……僕はいつでも。それにしても、どうしたんですか？　学校命令の自宅待機を破るんですから、ちゃんとそれなりの理由なんでしょうね」

『やっぱりお前、気が付いてないのか……』

独《ひと》り言《ごと》のようにつぶやいた。

先生の押し殺した声が、僕の口を乾かした。

何か、見落としがあった……？

紐鏡事件。

血液が付着したズボン。

そして、採血事件。

これらが短絡《たんらく》的に結びついた。

すぐさま否定する。

そんなわけがない。

アザミは何もやっていない——。

そもそもこの片白江高校生徒襲撃事件は、僕らとは何ら関《かか》わりがないはずだ。この高校に恨みがあるものの犯行だろうと目されていた。

アザミ、君じゃないだろう？

鷺森先生が、それを否定するようにはっきりと述べた。

『紐鏡事件の犯人——アザミが、採血事件の犯人かもしれない』

2

午後八時、自宅から歩いて十分ほどの公園に到着した。そこには黒塗りのベンツがとまっていた。近づき、右側の窓ガラスをノックする。すぐに窓が下りるが、中には誰もいなかった。

「橘、ベンツは左ハンドルだ」

にゅっと覗《のぞ》き込《こ》むように、鷺森先生が現れた。ドアが開いたので、そのまま車内に入る。鷺森先生は白シャツに青い細身のパンツというラフな格好をしていて、そのシンプルな姿から、ファッションに興味がないであろうことがうかがえた。

「右ハンドルのベンツだってあるでしょう」

「ベンツはベンツが基準なんだ。日本に合わせてしまったベンツなんてベンツではない」

「じゃあ右ハンドルのベンツは何なんですか」

「ヴェンツィ」

そっちの方がネイティブっぽいじゃねえか。

いや、ドイツ語の発音は知らないんだけれど。

「……それで、今回の襲撃事件の犯人について、教えてくれますか」

わざわざそのために夜遅くにもかかわらず外出してきたのだ。

鷺森先生がたばこをくわえ、火をつけずに唇《くちびる》で弄ぶ。

「犯行にはそれぞれのペースがある」

「ペース、ですか？」

「紐鏡事件の被害者は二週間に一人は出ていた。おそらく、彼女のスタンスなのだろう。殺人鬼だって、やたらめったら殺しているわけじゃない。彼らなりのリズムがある」

たばこに火をつけた。

「例えば、平成の殺人鬼——。彼は月に一人だった」

平成の殺人鬼とは、三年前に逮捕された、十数年もの間、月に一人殺してきたとされる大量殺人鬼だ。被害者の数は優《ゆう》に二百を超えるとされている。

そう、されている、のだ。

彼は逮捕されたが、殺人での起訴はなかった。他の罪で数年刑務所に入れておくのが精いっぱいだったのだ。ニュースで大きく報道され、彼は世間を燃え上がらせた。被害者たちの恨みを一身に受け、服役《ふくえき》を終えてこの前出所してきたはずだ。

彼はかつての連続殺人事件の犯人——。

それなら、紐鏡事件の犯人は平成の殺人鬼なのではないか。そう思うのは当然だが、その線はない。

なぜなら、この事件の最初の被害者が、その平成の殺人鬼だったからだ。

二ヵ月前、片白江市で最初の殺人が行われた。

そう、かつて平成の殺人鬼と呼ばれた男は、新たな殺人犯により葬られたのである。彼の遺体のそばには手鏡とロープが置かれていた――それが紐鏡事件の第一の事件だ。

その容疑者として乙黒アザミが逮捕され、逃亡。

それから片白江市では被害者が出続け、紐鏡事件は今もなお続いている。

「まあ、これはズレることもある。私たちも基本的に一日三食食べるが、一日一食のこともあるだろう？　でも二日続けて何も食べない、ということはない」

「……紐鏡事件は、少なくとも二週に一度……」

日にちを計算してみると、四人目の被害者が出てから、既に三週間が経過していた。

「三週間空くのは異常事態だということですか」

「そうだね。きちんとしたペースで殺していた殺人鬼が間を空けるとなると、私の経験則から判断すると、死んだか、別の犯罪をしているかだ」

「……なるほど」

「アザミが死んだという説はいったん置いておこう。死んだのならば、そのうち死体も出てくるはずだしな。ここは彼女が別の犯罪に手を出していると考える。そうなったときに、いったいどんな犯罪に手を出すかは予想できないが、しかし、この片白江高校生徒襲撃事件——いわゆる採血事件は、彼女が起こしそうだと思った」

「……アザミが」

そんなはずない。

結局は鷺森先生の経験則からの判断だ。確たる証拠があるわけじゃない。

「それだけでアザミを疑うなんて、どうかしてます。理解できません」

「理解できないからだ」

即答だった。

「理解できないから、経験則で語るしかないんだよ。それとも橘、お前は何か否定できる材料がひとつでもあるのか？」

頭が熱くなり咄嗟《とっさ》に口を開くが、言葉は出なかった。

何もない。むしろ逆だ。

ズボンに付着していた血液。

採血事件。

アザミの言うやりたいこと。

むしろ、疑うようなことばかりが積み重なっている。

頬を張り、息を吐く。

ただ感情的に否定するのは良い判断だとは思えなかった。アザミのためにできることは理性的に情報を集めておくことだった。

「……どうしてアザミがこの事件を起こすと？」

鷺森先生は煙を長く吐き出して、コーヒーを口に含む。

「採血事件には謎が三つある。一つ目は血液を採取する点。これがそもそもの犯人の目的だろう。スタンガンで身動きを取れなくして、採血をする。それだけをして去る。明らかに暴力が目的ではなく、血液だ。それを何に使っているのか、何のために採血しているか、そこは私たちには分からない。犯罪心理学に当てはめることはできるが、まあ期待はできないところだ」

「そんな放棄しないでくださいよ。納得できません」

苦虫をかみつぶしたような顔をされる。

「血を見ると興奮する、加虐心《かぎゃく》が満たされる。それだけ」

「……まあ、確かに今回の事件とは少し違いそうですね」

血が見たいだけならわざわざ注射器で血を抜くことはないし、片白江高校の生徒だけを狙《ねら》う必要もない。

何かに吹きかけるようにたばこの煙を吐いた。

「犯罪心理学なんてくだんないもんだよ」

「自分が極めた道をそんなふうに言うことないじゃないですか、すごいことだと思いますが」

「本当の意味で極めたというならば、この事件も解けなきゃおかしいだろうよ」

分からないんだと、どこか遠くを見つめてつぶやいた。

宇宙人の気持ちは分からない。

先生が分からないということは、この事件の犯人は向こう側、ということなのだろう。

鷺森先生は、アザミのことも向こう側だと言っていた。

「二つ目は紐鏡事件で警戒態勢が整っているのに、その目をかいくぐって事件を起こせる点だ」

「……なるほど」

紐鏡事件の謎の一つとして考えられている点だった。

「アザミもそうだった。警戒態勢が敷《し》かれているにもかかわらず、どういうわけか誰にも見つからずに人を殺せる」

「……だから、アザミが犯人だと」

「そうだ。アザミは紐鏡殺人には飽きて、採血にご執心なのかもしれない」

「その論理は穴だらけだと思いますが。他にも、例えば警察ならば、誰にも見つからずに動けるでしょうし」

先生が語った条件に合う人物はアザミだけではない。

アザミが犯人だとは思えない。

「警察だとして、じゃあ片白江高校を狙う必要は何だと説明できる？」

「……その犯人である警察官を片白江高校の卒業生としましょう。いじめられていた過去があれば、学校に対しての復讐心を持っているんじゃないんですか？」

「復讐が目的の人間が、冷静に血液を注射器で採取するわけないだろう」

それもそうか。

犯人には冷静さが垣間《かいま》見られる。

淡々と血液だけを奪っているように思えた。

鷺森先生はたばこの先端を携帯灰皿にぐりぐりと執拗《しつよう》に押し付ける。

「三つ目は、被害者が片白江高校の生徒に限られている点。世間では、犯人は片白江高校関係者だとか、片白江高校に恨みを持つ者の犯行だとか言われているが、今回の犯人は明らかに向こう側だ。我々が想像できる外側にいる」

「じゃあ、どうして生徒を狙うかは分からない、と？」

僕はそうは思っていなかった。

どちらかと言えば、ここには理性が介在しているような直感があった。

犯人の本意ではない。

制限されている。

片白江高校の生徒しか襲えない理由がある。

「犯人は何かしら片白江高校に因果《いんが》がある——そうは思っている」

「因果、ですか」

鷺森先生が人差し指で僕の額をつついた。指先からたばこのにおいが漂う。

「正直な話をすれば、私は、その因果は君だと思っている」

「僕？」

「採血事件の被害者は二学年の生徒ばかりだ。つまり、橘の学年だ」

「だから何なんですか？」

月に照らされた空を見て、何かを考えているようだった。

しばらく静寂が訪れた。

もう一度問おうとすると、先生が口を開いた。

「橘終という因果は本当に大きいんだよ」

ため息をつくような、深く落ち着いた言葉だった。

「……こじつけですよ」

どうだろうね、と笑った。

「傾いた者は片方に寄ってくる。散り散りだったものが転がり落ちてくる。その底にいるのは、君とアザミだろう？」

「どうして?」

鷺森先生はそれには答えず、車内のデジタル時計を確認すると、助手席のドアを開けた。

「さあ、もう帰りな」

「まだ話は終わってないですよ。先生の話には納得していません。アザミが犯人だとは限らない」

「もとからそういう話だよ。アザミが犯人かもしれない、そうじゃないかもしれない。私の経験上ではそういう可能性もある、というだけの話だ」

異常事件を見てきた勘。

それだとやっかいだ。否定しようがなくなってしまう。

アザミのズボンには血液が付着していて。

犯罪心理学のスペシャリストはアザミが犯人かもしれないと言う。

僕は、否定しに来たのだ。

先生の説を真っ向から否定し、退けようとしていたのだ。

これじゃあ……これじゃあ、アザミが犯人だと疑ってしまえるじゃないか。

疑える。それでも僕は彼女を信じる。

「紐鏡事件も、採血事件も、犯人はアザミじゃありません」

僕の言葉に、鷺森先生は目を丸くした。

「根拠は？」

「ないです。でも、そう信じているんです」

「信じてる」

鷺森先生が僕の言葉を繰り返した。

次の瞬間、鷺森先生の視線が鋭くなる。

「信じるって何だ」

「え？」

僕を横目で見て、一拍置いた。静寂の中に、その声は響いた。

「橘のそれは、自分が思い描いた理想像の押しつけじゃないのか？」

息が止まる。

理想像の押しつけ。

その言葉が、僕の心に突き刺さった。

「こうであってほしい、こうであってくれたら自分は嬉しい。……それが本当に信じるってことなのか？」

鷺森先生の視線は冷たい。今まで見たことがないような真剣な眼差《まなざ》しだった。

明らかに怒気を孕《はら》んでいた。

「それはお前のエゴだよ。信じるというなら、それこそ現実を直視しろ」

それに僕は何も言い返すことができなかった。


違う。

アザミではない。

車から降りて、帰路で頭に浮かぶのはそればかりだった。

アザミが採血事件の犯人のわけがない。

――信じてる。

「……エゴだ」

鷺森先生の言葉が、僕の願いに立ち塞《ふさ》がった。

僕はアザミが犯人ではないと思いたかっただけだ。

ただ、僕のために。

アザミが犯人でないという結論から始まり、ただそれ以外の説を否定してきた。彼女が犯人であるかどうか、僕はそれを検討することを避けていた。

アザミの本当の部分なんて、見ようとしていなかった。

彼女が実際に事件の犯人であるかどうかなんて関係がなかったのだ。

僕が、アザミが犯人ではないと信じたいから、信じていた。

信じたいものしか信じない。

都合の良いものしか見ようとしない。

自分にとっての理想を実現するために、邪魔なものは視野から外す。

それは到底「信じる」と言えるような、純粋な態度ではなかった。

どこまでも自分勝手で、相手を無視した、現実逃避だった。

それはアザミから目を背ける行為だ。

僕は、認めなくてはいけない。

アザミと向き合うべきなのだ。

胸の内側を握《にぎ》られたかのような、圧迫する痛みがあった。

何かを直視するのは怖い。

言い訳が利かないから。

それでも僕は、向かい合わないと進めない。

「…………」

ポケットからスマホを取り出し、メモ帳を開く。採血事件が起こったとされている日と、窓が開けられた日時をチェックする。もし採血事件が起こっていて、アザミが外出していないのなら、アザミは白だ。

「……ああ」

採血事件の犯行日に、窓は開けられていた。

分かっていた。

アザミはほとんど毎日外出しているのだ。

僕は登校時間ギリギリまで寝ている。放課後も学校から直接バイトの職場に行っているし、家に帰るとすぐに眠ってしまうことも多い。

僕はほとんどアザミを監視できていないのだ。

ただ、窓に貼ったセロハンテープだけが彼女を監視していた。

アザミが採血事件を起こすことは可能である。

犯人は向こう側の人間であり、紐鏡事件での警戒網をかいくぐれる。そして片白江高校の生徒に何かしら関心……鷺森先生の言葉で言うならば、因果がある。

空を見上げる。

月明かりがモノクロの世界をうっすらと映し出していた。遠くから虫の声がする。住宅街の家々は、どこも電気がついていて、そこからほっとするような生活の営みが感じ取れた。

この家々の延長に、僕の借家があり、そこにアザミがいることが想像できなかった。

「採血事件の犯人はアザミの可能性がある……」

アザミが誰かを襲い、血を抜いているかもしれない。そう考えると彼女との距離に目まいがする。

考えたくない。否定してしまいたい。

それでも、それがアザミならば僕は受け入れる。

その覚悟はあった。

ふと、背後から足音が聞こえた。

ここは細い路地で、人通りが少ない。

僕は立ち止まる。背後の人物は立ち止まらなかった。

どうやら警察ではないようだ。そもそも警察が、僕に違和感を抱かせるような尾行をするわけもない。あの人たちは、もっと日常に溶け込んで接近してくる。

追い越されるのを待とうと思い、スマホを取り出し、適当にいじるふりをした。

カッ、カッ、カッ——。

着実に近づいてくる。足音からして、底が硬いもの。革靴だろうか。距離と鼓動が比例する。いよいよ追い越された。

「…………」

スーツ姿のサラリーマンだった。

特に変わったところはない。一応僕は立ち止まったまま、彼が視界から消えるのを待つ。何事もなく、彼は路地を曲がっていった。視界から消えた瞬間、思わず、大きなため息を漏らしてしまう。

神経が敏感になり過ぎている。こんな状況じゃ、僕の体が持たない。少しは緩めないと。健康管理も、アザミと一緒にいるために必要なことだ。

早く帰ろう。

アザミと話がしたい。

今朝、傷つけてしまったことを謝ろう。

そして正直に彼女と向き合って、受け入れよう。

それこそが僕のできることだろう。

「――?」

肩に何かが触れた――。反射でそれから逃れようとするが、既に遅く、そのまま後ろに引き倒されそうになる。バランスを崩して反《そ》ったのが功を奏した。僕の背中があったであろう場所でバチ、と焦《こ》げる音がした。一歩距離を取って振り返る。

覆面をした人影。

手にはスタンガンを持っていた。

3

身長は百六十五センチくらいだろうか。中肉中背で、黒いジャージに身を包んでいた。特徴が掴みにくく、外見からは人物を絞り込めそうにもなかった。

覆面が僕の腕を掴み、もう片方の手を振り上げた。視線を向けたその手の先にはスタンガン。僕は身をよじり、首への一撃を回避する。

「うあああ……!」

驚きや興奮でうなり声のような音が喉《のど》の奥から漏れ出る。

このまま叫べば人が来るのではないか？　さっきのサラリーマンは遠くまで行っていないはずだ。

しかし、叫ぶのはやめた。

ここで僕が取り押さえる。

もしこいつが、採血事件の犯人だったら——。

そこから先に出てきた自分の考えに戸惑いつつ、しかしそれも十分アリだと思った。

腕を振り払おうとするが、握力をこめられ失敗した。力が強い。僕は特別鍛《きた》えているわけではないが、それでも年相応の力はある。それで振りほどけないとなると、犯人は男だろうか。

再び犯人が腕を振り上げる。スタンガンが巨大な虫の羽音のような音を出し、光った。その先端が僕の体のどこを狙うのか——。

みぞおちへの衝撃。体がくの字に折れる。

振り上げた手を見上げている間に膝蹴《ひざげ》りをもらったらしい。その衝撃で後退しそうになるが、そのまま腕を前方に引っ張られる。体のバランスは完全に失われた。足をかられ、地面にうつぶせに押さえ込まれた。

あっさりと負けた。

叫ぼう——。

そう思った直後に、腰に何かが押し付けられ、体全体が燃えるような衝撃に包まれた。体が蒸発しそうだ。あらゆる感覚が体から離れていく。

スタンガンの電圧、どれだけ上げているんだ。

犯人は僕が動けなくなったのを確認してから、仰向けに転がした。そして、ズボンをずり下げた。

慣れた手つきだ。

どこから取り出したのか、手には注射器が握られていた。

こいつが採血事件の犯人。確定だ。

犯人はアザミではない。その事実はこんな状態の僕を少しだけ安堵させた。

犯人は僕の鼠径部《そけい》をコットンで何度か拭《ふ》いた後に、針を刺し込んでいく。なぜ、鼠径部なんだ。きわどいだろ。

シリンダー内に鮮やかな血液が満たされていく。血液の色は見たことがある——というか今朝も見たが、どこか濁《にご》っているものだ。しかし、シリンダー内にたまっていくのは、赤いペンキのような色だった。

これは、動脈血だ。

シリンダー内部が完全に満たされた後に、そっと針が抜かれた。鋭い痛みと同時に鼠径部からピュッ、と血が噴き出て、その後も鼓動と連動するようにリズミカルに出血する。

ちょっと、量が多いのではないだろうか。この勢いで血を失うのは、命にかかわりそうだ。体が震える。体温が急激に下がったように思えた。

死がこの延長にあると想像できた。

死。

感覚のない体に闇雲《やみくも》に力を加え、何とか身をよじる。口を閉じようとしても、歯がガタガタと鳴ってしまう。覆面の目をにらみつける。彼に動じた様子はなく、手慣れた手つきで注射器を分解し、シリンダー部をポケットにしまった。鼠径部の出血が止まる様子はない。

そのまま彼は去ってしまうかと思ったが、シリンダーをしまった逆のポケットから、白い布を取り出す。それで出血部位を圧迫する。

止血措置だ。

それを終えると彼は素早くその場を立ち去った。

犯人の姿が見えなくなり、全身からどっと力が抜ける。

五分ほどその場で寝転び、足の指が動かせるようになったところで立ち上がった。しかしすぐに膝が折れ、座り込む。せめて車にひかれないようにと道路わきに移動する。

まさか、自分が襲われるとは思わなかった。

とりあえずは安心だ。

命の危機は去った。

しかし、足の付け根に違和感があった。

熱い……？

鼠径部から、血が飛び出している。出血というより流血で、勢いのある放水のようだった。

……おいおい。

「止血失敗してんじゃねえか」

痺《しび》れが取れて立ち上がれるまでにどれほど時間がかかるだろうか。二、三時間このままだったら、血を失いすぎるだろう。辺りに人影はない。助けを待って野垂れ死ぬのはごめんだ。

帰らないと。

早く。

立ち上がるが、右膝が曲がったまま伸びない。左足にも力が入り切らず、そのまま倒れた。

絶対に帰ってやる。

こんなところで死ねるか。

アザミとの約束がある。

家に着く頃には、体の感覚はだいぶ戻ってきていた。何かに体重を預けないと転んでしまうが、立つこともできた。玄関のドアに体重を預け、鍵を開けようとするが手が震えて手間取《てまど》る。ようやっとのことで解錠し中に入る。

出迎えようと思っていたのか、玄関にいたアザミが僕の姿をとらえ、目を丸くする。僕は施錠をし、玄関に座り込んだ。

アザミを視認すると、ふと全身の緊張がほどけるのが分かった。体が役割を終えたかのように動かなかった。

寒い。少し寝たい。

「終……！」

アザミが駆け寄り、僕の隣にしゃがむ。容赦なくズボンを下げられ、出血部位を確認される。あの、さすがに恥ずかしい。

「ど、どうすれば……どう……」

止まらない血を見て、アザミの唇が震える。

「……大丈夫。タオルを取ってきて」

混乱しているのか、アザミは止まったまま動かない。「アザミ」と声をかけると、はっとしたようだった。

アザミはそのまま部屋へと消え、ハンドタオルを片手に走って戻ってきた。とにかく出血の勢いが激しく、タオルで押さえたとしても自然治癒《ちゆ》は見込めなそうだった。

どうすべきか。選択肢がいろいろと頭の中に湧いては冷静な自分によって却下されていく。

アザミがそわそわとしながら僕を見る。

「病院行かなきゃ！」

「だめだ」

タオルに血液が滲《にじ》んでいく。

目立つ行動はしたくない。病院に行ったら僕が採血事件の被害者だと知られることになる。週刊誌が家に訪ねてきたら？　僕をつけ回し始めたら？　アザミの存在がバレるかもしれない。そうなる可能性は無視できない。

「やだ！」

「ちょっ」

アザミが抱き着いてくる。タックルされたかと思うほどの勢いだった。壁に頭を打ち付ける。今日は頭への負担が大きい日だ。

「死んじゃやだ！」

「…………」

涙声だった。

アザミが、泣いている。

『生きてく場所がない』

中学の時のことがフラッシュバックした。最後にアザミの涙を見たのは、その時だ。

……走馬灯じゃないよな。

僕を抱きしめる力が一層強まる。呼吸が苦しくなる。

「終は私の！　私の、私の、私のもの……。どこにも行かないでっ　どこにも、どこにも……。もう、どこにも行かないで。ずっと一緒にいて。何があっても一緒にいて。死なないで。死んでも……一緒にいて」

僕の胸に顔をうずめる彼女の頭に手を乗せる。嗚咽《おえつ》を上げながら、僕を見上げた。笑顔で返す。

どこにも行きはしない。

二人で幸せになろうと、約束したじゃないか。

生きている限り一緒。僕が死ぬのは、アザミが僕を殺すときだ。

「……大丈夫だよ。離れるようなことはないから」

君を見捨てるようなことはしない。

信じている——というのは嘘《うそ》だ。

僕はアザミを疑っている。

君がこの家に来てから、ずっと目を背けて信じてる、と自分に言いきかせてきたけれど。

君が人を殺したんじゃないかと、紐鏡事件の犯人なんじゃないかと、思いたくないけど、思ってしまう。

だから、アザミを信じるなんてことは言わない。

僕は、ただ君を受け入れる。

殺してようが、殺してなかろうが、こうやって一緒にいる。

理解できなくても、価値観が折り合わなくても、君のそばにいる。

「ずっと一緒だ」

アザミは少し落ち着いたのか、抱きしめる力を弱めた。

「ほんと?」

「ほんとほんと」

「死なない?」

「死なない」

無言で再び僕に抱き着く。

アザミ。

たぶん、僕ができることは少ない。

悔《くや》しいけど、理解もできないかもしれない。

それでも、君を抱きしめられるのは僕だけだ。


一命は取り留めた。

止血が鬼門《きもん》だった。途中で手に力が入らなくなったので出血部位を押さえるのはアザミにやってもらった。その細腕からどうしてこんなパワーが出るのかという押さえこみが功を奏して出血は治まったのだった。

二人、並んでソファに腰掛ける。

ようやく落ち着けると思ったが、現在緊張のまっただ中だった。

アザミが笑顔で僕の顔をのぞき込む。私の質問に答えるまで身動きするな、と威圧するような笑顔だった。

「誰にやられたの？」

「さあ……」

僕を襲った犯人は、採血事件の犯人と同一人物だ。スタンガンで身動きできないようにして、採血し、立ち去るといった手口は聞いていたとおりだ。

しかし誰かということは分からない。

「心当たりは？」

「ないよ」

元々、片白江高校生限定の通り魔だし。

「ほんとは？」

「いや、ほんとにないってば」

「ほんとに？」

「ほんとだって」

念入りに確認した後に、アザミはようやく顔を引っ込めた。

どうして犯人なんか知りたがるんだろう。

そもそも警察が分からないのに僕が分かるわけもない。

「犯人が分かったとして、どうするつもり？」

テーブルの上にあるテレビのリモコンを足で引き寄せながら答えた。

「殺す」

「…………」

ぎょっとしてアザミの表情をうかがうが、特に何もない。日常そのものだった。

復讐のつもりだろうか。

「……ほら、こうやって僕は生きているわけだし、やっぱり犯人には人を殺す意思はないよ。僕の手当てもしてくれたわけだし」

「止血は失敗してた。時間が経ってたら死んでた」

確かにそれは否めないけれど。

ああ、どうして僕が犯人のフォローをしなくちゃいけないんだ。こっちは殺されかけたっていうのに。

まあ、それでも。

僕は犯人に死んでほしいとは思わない。

「だとしても、殺しちゃだめだよ」

「…………」

「殺しちゃだめだよ?」

「……うん」

すぐに頷かないことに一抹の不安を覚える。

「ええと……」

どうやってアザミを説得したらいいのだろう。

頭を悩ませていると、アザミが笑った。

「ヤだなぁ、冗談だよ」

冗談、と。

そうだよな、と自分を納得させる。友達同士の会話で「殺す」というワードが出てくることはたまにある。冗談として自然に処理しているじゃないか。アザミもそうだ。ただの冗談だ。

「犯人分かったら教えてね」

「…………」

冗談だよね?

アザミはテレビをつけて、バラエティ番組を観始める。そちらに意識を集中させているようだった。

そこでようやく肩が下がり、息が抜けた。

僕もぼうっとバラエティ番組をながめる。中身はまるで入ってこない。頭に浮かぶのはさきほどの犯人のことばかりだった。

「…………」

採血事件の犯人。

暴力でも命でもなく、血液を得ることを目的とした襲撃。

襲われた生徒の一人がその後、精神的ショックで学校に来られなくなっていたが、それも頷ける。なかなかショッキングな出来事だった。

それにしても、なぜ動脈血なのだろう?

動脈は体の奥の方を流れていると聞く。体表近くの静脈から採る方が簡単だ。それなのにわざわざ動脈から採るのだから、必然性があるのだろう。

それは犯行の動機と密接にかかわっているような気がしてならない。

動脈血と静脈血の違いをスマホで調べてみた。動脈血の方が酸素濃度が高く色が鮮やかであること以外、目立った違いがあるようには思えなかった。

酸素濃度、もしくは色。

それにこだわる必要がある、何か――。

スマホの画面をスクロールした先に、一つのニュース記事が目に入った。

断髪事件の犯人逮捕。

その見出しに目が釘付《くぎづ》けになる。深く考えずにその記事を開いていた。

連行される様子の写真。事件の概要《がいよう》説明。そして犯行動機――。

動機は、……『楽器制作』。

アザミの言う通りの動機だった。顔を上げ、天井を見つめる。

このニュースを読んだ人々の反応が手に取るように分かる。

気持ち悪い。

変態。

意味が分からない。

理解できない。

逮捕されてよかった。

断髪だけじゃ軽微な罪にしかならない、こういう奴《やつ》はできるだけ長く刑務所に入れておけ。

それは僕が抱く感情の延長にある。少なくとも、そういった世間の声を僕は理解できる。

分からない。怖い。だから、閉じ込めておこう。それで思考を閉じる。それ以上考えることはない。

どうしてそういった動機に至ったのか。

彼はどういった人生を送ってきたのか。

寄り添う人間はいない。

理解しようとする人間はいない。

――そもそも理解できると思っていない。

だからだ。採血事件も、だから捜査が難航している。

犯人は酸素濃度、もしくは色。それにこだわる必要があるのではないか。きっと、警察もすぐにここまではたどり着いただろう。しかし、この先が分からない。だから犯人の足取りの想像がつかず、捕まえられない。

この先は、向こう側じゃないと分からない。

向こう側。

「…………」

視線は自然と隣のアザミに向いていた。

アザミなら分かるんじゃないのか。

でも、聞いていいのかどうか分からない。

今朝、それで彼女を傷つけたばかりだ。

今はこうやって平気にしているが、彼女の深い部分を傷つけてしまったことは確かだった。

彼女は僕との壁を直視することを、怖がる。

僕はまた、アザミの言葉に引いてしまうんじゃないか。

それを見たアザミは、決定的な僕との違いにまた傷を負うんじゃないか。

引いたことを顔に出さなければいい——、無理だ。予想し得ない言葉に対してはどうしても返事に窮《きゅう》する。取り繕《つくろ》おうとすればするほど、それは不自然な溝となる。

——でも。

僕は引かない。彼女の言葉に引かない。

僕がアザミの言葉にショックを受けたのは、彼女を「信じて」いたからだ。僕のものさしで計って、その通りだと期待していたから落差に衝撃を受けただけのこと。

今の僕は違う。

「ねえ」

「ん?」

アザミはテレビから目を離さずに答えた。

「……採血事件の犯人って、どうして動脈血を抜くんだと思う?」

アザミが視線を落とし、深く息を吸った。そのまま数秒沈黙。

断り文句を考えているように見えた。

「アザミ」

名前を呼んで、こちらを見てもらう。

「その、今朝のことはごめん。……でも、気付いたんだ。僕は君の隣にいられたらそれだけでいい。君の隣にいることこそが重要なんだよ」

アザミが迷うように目を伏せた。

彼女をそっと抱き寄せた。

「こうできるだけで、十分なんだ」

「……終」

耳元で彼女が唾を飲み込んだ。

「動機は……私も分からないよ」

身構えていたので、肩の力が抜けた。

分からない、か。

「アザミなら、血をとったらどうする?」

「うーん、血をとろうとか思ったことないからなぁ……」

「そっか」

それも当然か。僕ら――向こう側でない僕ら同士でさえも、一〇〇%他の人間の感情がトレースできるわけではない。

水を口に含んでいる人を見て、「喉が渇いていた」のか、「口をすすぎたかったのか」はそれだけでは分からない。他の情報があって初めて推し量れる。

「そもそも相手によるかな。見知らぬ人の血とか、いらないし。遊びはするかもしれないけど、普通に捨てると思うよ」

相手による。

採血事件の特徴は、被害者が全員片白江高校生だということだ。

何か、片白江高校生に限定する理由がある。それは事件の鍵になっていそうだった。

「……相手を恨んでいたら?」

「そしたら止血しないかな。あと、わざわざ血を抜くなんてことはしない」

片白江高校に何か恨みがあるわけじゃない。しかし、何かあるはずだ。

「それなら、相手に好意を持っていたら?」

「あぁ、それはあるかも」

でもこれじゃあだめだ。

被害者は男女両方いる。両性に恋愛感情を持つ人物が犯人かもしれないが、そうだとしても片白江高校生に限定する理由にはならない。

恨んでいたり、好意を持っていたり、そういう積極的な感情はない。

フラットだとしたら。

「私からしたら分からないのは、やっぱり止血することかな」

「どうして?」

「普通に放っておけばいい」

そしたら死ぬが……。まあ、つまりはそういうことなのだろう。

「私が思ったのは、犯人は探してるってことかなぁ」

「探してる?」

「止血するってことは、生かすってことでしょ。犯人がやってるのはサンプル収集であって、自分の理にかなった血が見つかったら、その人から継続的にもらうことにするんじゃないかな」

新しい気付きだった。

犯行自体が別の目的のための前準備だとしたら。

この後に、誰か、理にかなった一人が行方不明になるはずだ。

「理想的な血液を探しているってことか」

「あっ」

アザミが何かに気が付いたように声をあげるが、すぐにごにょごにょ、と濁してしまった。

「何？」

「いや、ちょっと」

「……？　何か分かったの？」

「終の話を聞いて思ったんだけど、もしかしたら――」

――飲んでるのかもしれない。

背筋が粟立つのが分かった。

「飲む？」

そんな吸血鬼みたいな。

人間の血液は時には毒になる。血液が赤色なのは、その毒性を示すためだとも一説に言われている。飲むだなんて、考えられなかった。

「いやほら、見知らぬ人のは嫌なんだけど、それがある程度知ってる人なら、あり、かな。だから、探すっていうのも、単純においしい血液を探しているだけかもしれない」

「おいしい、血……？」

僕は血を飲んだことがない。当然のように出てくる疑問。

「血って、人によってそんなに味変わるの？」

「全然違うよ！」

即答。飲んだことあるのかよ。

人によって味が違うというのも当然か。口にするものが皆違うのだから、血液の成分や濃度も変わり、味だって変わるだろう。

「………あー」

「終？」

僕がつぶやいた一言が気になったのか、アザミが僕の顔を見上げてくる。

思い当たる人間が、一人だけいる。

4

待ち合わせの喫茶店に着くと、相手はまだ来ていないようだった。僕はアイスコーヒーとチョコレートケーキを頼んで、二人席に座った。ソファ側を空けておく。

「お待たせ」

その人物はトレーにグレープフルーツジュースをのせて、ソファ側の席に着いた。

「こんにちは。……澤田先生」

僕の担任の澤田佐保子《さほこ》先生。

髪を後ろで一つに束ね、私服なのか、赤のラインが入ったジャージ姿だった。精悍《せいかん》な顔つきで、そこから規律と誠実さが漂っていた。ゆるやかに流れるカフェの雰囲気から切り離されている。

「急にお呼びたてしてすみません」

「いやいや、いいよ。生徒のケアも教師の役目だから」

教師と生徒が意図的にプライベートで会うことは昨今《さっこん》許されるべき行為じゃないだろう。噂《うわさ》になったら何かしらのペナルティがあるかもしれない。しかしそれでも澤田先生は呼び出しに応じてくれた。

「なんだ橘くん、コーヒーなんて飲むの？」

「結構好きで飲むんですよ」

「カフェインは脳にも良いからね。ただ、カフェインは刺激物だし、タンニンは鉄の吸収を阻害するから、飲み過ぎには注意だよ」

「なるほど。そうですね、人間は口にするものでできてますからね。注意しないと」

「へえ、橘、いいこと言うね。その通り、食を侮《あなど》っちゃいけないよ」

澤田先生は学生時代、食育を専門にしていたと鷺森先生から聞いたことがある。彼女はやたらと食に厳しい。

昼休みには教室で一緒に昼食を摂り、生徒の弁当のメニューに点数をつけてまわっているくらいに。

澤田先生がストローをくわえ、グレープフルーツジュースを一口含む。

「それで、話ってなあに？」

「ええ、実は少し聞いてほしい話があって」

フォークを手に取る。

別にチョコレートケーキを食べるためではない。

そもそもチョコレートケーキを頼んだのは、ただ、ケーキの中で最も安かったからだ。ケーキには必ずフォークがついてくる。そのフォークこそが目的物だった。

左手を机の上に差し出した。澤田先生は不思議そうにその手を見つめる。フォークを振り上げ、左手のひらに振り下ろした。

衝撃のような痛みと共に左手のひらにフォークが建立された。数ミリしか刺さっていないが、見事に直立している。

「なっ！」

澤田先生が目を見開く。

フォークをずるりと引き抜くと血があふれてきた。今度は左手のひらを下に向け、ちょうどテーブルの中央あたりに血を垂らす。

「何をしてるの……！」

澤田先生が声を抑えつつも興奮している。僕の行動に単純に驚いているようだった。

「血、舐めますか？」

「……え？」

僕の一言で、澤田先生の表情から興奮が消え去った。

人差し指で血液をぬぐい、口にしてみる。

鉄臭く、しょっぱい。レバーを嚙《か》んだ時の風味に似ている。

澤田先生がテーブルの上にできた血だまりを見て喉を鳴らした。それを見て確信する。

「別に昨日のことは怒っていませんし、このことを誰かに言うつもりもありませんから、そこは安心してください」

「昨日のこと？」

僕は先生を糾弾《きゅうだん》しに来たわけではない。

説得しに来たのだ。

「もう誰も襲わないでください。どうか、僕の友達を傷つける前にやめてください」

「え？　何、どういう……」

先生の表情に浮かんでいるのは困惑だった。

でも、それは嘘だ。

「こう言っているんです。採血事件の犯人は、あなた。澤田先生だ、と」

一瞬啞然とし、僕を見つめる。それから呆《あき》れたように短く嘆息した。

「……私は教師だよ。生徒を傷つけるようなことはしない」

生徒を大切に思っていることは事実だろう。普段の澤田先生の様子が嘘だとは思えない。

僕は窓の外を眺《なが》める。休日ということもあり、人通りは多い。

「良い血――これは健康的な血液という意味ですが、これを作るのは非常に難しいらしいですね。血液は体中を巡っている。それだけ体に、食べ物に直接的な影響を受ける」

「……橘くんは何の話をしているの？」

「採血事件の話ですよ」

「………………」

僕の様子をうかがっている。

「今回の襲撃事件。普通と異なる点が三つあります。どうして血液を採取するのか。どうしてうちの生徒ばかりが狙われるのか。紐鏡事件もあり、警察が巡回しているのになぜ捕まらずに犯行を続けられるのか」

「探偵ごっこ？　先生はそこまで暇《ひま》じゃないんだよ」

澤田先生がため息をついて席を立とうとする。

「まあそう言わずに。これも立派な生徒からの相談ですから」

「……もう」

とりあえず席にとどめることには成功した。最後まで話を聞いてもらわないと、また犯行が繰り返される恐れがある。

「まず、はっきりさせておきましょう。犯人が血を採る目的は、美味《おい》しい血を飲むこと。より良い血を求め、僕を含めて四人も襲撃した」

「飲む……」

澤田先生は顔を伏せる。

僕に顔を見せたくないのだろう。この事件の核となる情報こそが血を飲むという部分だ。動揺してもおかしくない。

しばらくして、先生が顔を上げる。

「その犯人が、私だと？」

僕は首肯《しゅこう》する。

「警察が巡回している中、どうして犯人は危険をおかしてまでうちの生徒を狙うのか？美味しい血を求めるのなら、別に誰でもいい。もっと通り魔的に、見た目なり何なりで選んで血を抜けばいいはずです。若い血の方が健康状態が良いということもあったでしょうが、それなら他校の生徒でもいい。むしろそうした方が疑いが自分に向かないからいい。でも、あくまで、うちの生徒に手を出す必要があった」

「…………」

「美味しい血を作り出すというのは、それだけ難しい。適当にその辺の人を捕まえて血を採ったとしても、美味しいものにありつける確率は極めて低いんです。あてずっぽうで採血しても事件になって今後やりにくくなるだけ。だから先生は、美味しい血液の持ち主かどうかの指標が欲しかった。結果、弁当箱の中身を見て、良い食事をしている生徒に絞って狙ったんです」

澤田先生は生徒と昼食を摂っていた。生徒が何を食べていたかを知っている。弁当は親に作ってもらっている生徒が多い。そこから、家での食事も想像がつく。先生はそれを参考に、自分好みの血液なのかどうかを見定めていた。分のいい賭《か》けをするために、うちの生徒を狙うしかなかったのだ。

「……それで、警察の巡回をかわせたのは私が教師だから？」

「ええ、そうです。警察の巡回とは別に、学校側の主導でＰＴＡの見張りを立てていました。どこに見張りを立てるのか決めていたのは教師陣です。効率よく見張りを立てるために、当然、警察の巡回範囲は知っていますよね」

もう言い逃れはできないだろう。

そう思い、澤田先生を見て、僕は硬直した。

先生の目が、光を吸い込まない、木のうろのようなくぼみに変化していた。

背筋が粟立つ。

絞り出すように宣言だけはしておく。

「だから、犯人は澤田先生です」

声は何とか震えていなかったと思う。

動機以外、極めて論理的で分かりやすい話だった。

澤田先生はストローに口をつけ、グレープフルーツジュースをむさぼるように飲んだ。

一瞬で容器の中が空になる。口元に笑みを浮かべて僕を見た。

「橘くん、普通の人に見えたけどな。……でも、君も、分かる人間なんだ」

分かる人間。

それは、味が、だろうか。それとも、その先にある何かだろうか。

どちらにせよ答えは決まっている。

「分からない人間ですよ」

「嘘をつかないでよ」

語気が強くなる。

これが先生の本当の姿。

良心的な犯人――そんなふうに僕は思っていたけれど、それは間違っていたかもしれない。

「君が語った内容は、私の目的が分かって初めて成り立つものだもの。むしろ、目的が分からなければ、誰も私にはたどり着けない」

その通りだろう。この事件は変数が二つあるのに式が一つしかないようなものだった。しかし、アザミが一つの変数を確定してくれる。そうなれば、もう一つの答えもおのずと出てくるのだ。

「ちょっと知り合いに、先生側の人がいましてね」

「ああ、なんだ。そういうことか。早とちりだったのか」

先生は額を押さえて笑った。

「……それで、先生は自分の罪を認めるんですよね?」

「ああ、うん。昨日はごめんね。大丈夫? 治療費は先生が出すよ」

開き直ったのか、それともこういう性格なのか。自身を破滅させる情報を握っている人間の前でここまで気楽にいられるものなのだろうか。

「金欠なので大変ありがたい申し出ですね。お言葉に甘えさせてもらいます」

「橘くんはバイトもたくさんしているし、大変そうだもんね」

僕は先生の不気味さの正体を探りながら、空返事《から》をした。

「先生は、僕の言葉を信じるんですか」

「ん?」

「誰にも言わない、という約束のことです」

先生は爽《さわ》やかな笑顔を浮かべた。

「信じるしかないでしょう。もうバレてしまったんだから。ここで取り乱してみたところでどうしようもないよ」

「………………」

分からない。

人間は取り乱そうと思って取り乱しているわけではない。澤田先生は僕の視線に気が付いて、その意味を理解したようだった。

「納得いかないのなら、まあ、形式美として聞いておくよ。橘くんは、どうして誰にも言わないと？　普通は警察に突き出すでしょう。やけにこういった趣味に理解があるんだね」

「先生には要求があるんですよ」

「要求？」

「別に大した要求じゃないですよ。無理のない範囲で優遇《ゆうぐう》してほしいんです。たとえば出席とか」

アザミがいることで、これから急に学校を休む必要が出てくることもあると思う。そういったときに、最低限、卒業できるように優遇してほしかったのだ。

「……違うね」

「え？」

「そんなことのためにわざわざ私を追い詰める必要はない。危険な探偵ごっこをする必要だってない。君はもっと別の目的で私に会っている」

見透かしたような言葉。

僕が黙っていると、先生が再び口を開いた。

「私を観察しているの？」

「いえ、そういうわけでは……」

僕が採血事件にかかわろうと思ったのにはいくつか理由がある。

僕が襲われたというのも、先生に出席点を優遇してほしいのも事実だ。

しかし、それだけではない。

「……先生は、どうして血を飲むんですか？」

「美味しいから」

即答だった。それ以上の理由はないのだろう。

先生は美味しいと思う。

しかし、僕は美味しいとは思わない。

ただ、それだけのことなのだ。

聞いても仕方がないことだと分かっていた。

だけど、それでも……。

「私のことを、理解したかったの?」

ドキリとする。先生の顔を見ると、底しれない笑顔を浮かべていた。

僕はアザミを受け入れることにした。

それは彼女が何者であってもだ。

そこに理解は必要ない。理解できずとも、それを抱きしめればいいのだから。

でも、それでも僕はアザミを理解したいと、そう思っている……のだろうか。

僕は、先生の動機を理解できたら、アザミのことを理解するためのヒントになるんじゃないかと、そう思ったのではないか。

自分の考えがよく分からなかった。

澤田先生はかなしげに笑った。

「やめておいた方がいいよ。私のことなんか、誰も理解できない」

口を閉じる。

安易なはげましも、僕こそがと名乗り出ることも、正しくなんてない。

彼女の人生で、この結論は経験をともなった事実なのだろう。そういう重みがあった。

「……でも、先生。出席点を大目に見てもらいたいのは本当ですよ」

話題を戻しておく。

もう一つの理由に勘づかれる前に。

澤田先生は首を横に振る。

「私は平等にやる。仕事と趣味は別だよ」

あまりにもきっぱり分け過ぎだろう。可愛がっていた生徒を一方で襲撃して精神的ショックを負わせるなんて、人格が分裂しているとしか思えない。

「……僕がこれから脅《おど》すとしても？」

「変わらない。君は人の動かし方を知らないんだね。そんなことで私は動かないよ」

この人を世に放っているだけ、悪なのかもしれない。今の話からすると、犯行をこれでやめるつもりもないのだろう。こちらの要求は何も飲んでもらえない。やはり僕側の人間と、物事の優先順位が違う。取引が成立しない。

「ただ、一つ」

澤田先生が人差し指を立てた。

「学校で私に優遇してもらえ、私の今後の犯行を止《や》めさせ、かつ月に五万円もらえる方法があるよ」

澤田先生は笑顔を浮かべているが、目の奥が欲望でギラギラと光っている。

いかにも怪しそうだ。こんな好条件を提示してくるなんて、よっぽどのことを僕にさせようとしているに違いない。

「それで、僕は何をすればいいんですか？」

「月に一度でいい。百cc、血液をちょうだい」

その事実を受け止めるのに、しばらく時間がかかった。

えっと、つまり。

この人、僕の血を気に入ったのか。

僕が黙っていると、彼女が鼻息を荒くして、テーブルを指で叩《たた》いた。

「橘くんの血は、本当にすごいの、最高なの、今まで飲んだ中で一番なのよ？　私の二十八年の人生の中で一番、これってすごいことなの。もう君みたいな逸材《いつざい》には出会えないのかもしれない。ねえ、あなたにとっても悪い話じゃないでしょう？」

「近いです。息が荒いです。身を乗り出さないでください」

すっかり一人でヒートアップしてしまった澤田先生の両肩を押して座らせる。この人、血のこととなると人が変わるな……。彼女はちらりと僕の顔色をうかがってくる。

「な、七万円でもいいよ？」

援助交際を迫られる女性の気持ちがよく分かった。

「待ってください。ちょっと……」

黙考《もっこう》する。

とはいえ、断る理由がなかった。アザミが来て、経済状況が悪くなっていたのも事実。

学校での優遇も約束されるし、犯行を止めることもできる。月に一度百ccの血液を提供するという行為にデメリットもない。

「いいでしょう。血液の提供をします」

「よっし！」

澤田先生が小さくガッツポーズを作る。彼女の目にはもうギラつきはなかった。

「それじゃあ、詳《くわ》しいことはまた後で決めよっか」

先生がトレーを持って立ち去ろうとする。

「あ、待ってください、先生」

「なに？」

「僕の血は、そんなに美味しかったですか？」

先生はにっこりと笑って、サムズアップした。

「最ッ高！」

爽やかじゃない内容の、爽やかな笑顔だった。

＊＊＊

それにしても、意外だった。

喫茶店から家に帰る車を運転しながら考える。

最初から橘終は、四人目の候補だった。良質のものを食べているわけではないし、本来なら選外だ。しかし、それでも、彼を選ばざるを得なかった。風が吹いたら溶けて流されていってしまいそうな儚《はかな》さを感じるのに、存在の輪郭《りんかく》が力強い。不思議な魅力を、あるいは不気味な魔性《ましょう》を持った人物だった。何の根拠もなく、彼の血は美味なんじゃないかと思ってしまった。論理ではない、直感だ。ほとんど期待もしていなかった。それでも、三人が期待はずれだったこともあり、彼を尾行しているうちに、その欲に歯止めがきかなくなっていた。彼は尾行を警戒しているのか、なかなか襲うタイミングがなく、結局、人が来るかもしれない通りでの犯行になってしまったが、でも、その価値があった。

彼の血は、膨らんだ私の期待をはるかに超えるほど、美味だった。

さらりとした舌触り。それを上あごと舌で潰《つぶ》して伸ばしていくと、独特な酸味が気化して鼻へと抜けていく。舌は液体しか感じ取れない、鼻は気体しか感じ取れない。彼の血は、味を構成する味覚と風味の割合が理想的なのだ。

ああ、想像するだけで、うまく呼吸ができなくなる。指先に力がこもり、目の奥がチカチカする。早く帰って、橘くんの血を楽しみたい……。

血液は奥が深い。良いものを摂取していたからといって、美味な血液ができるとも限らないらしい。今までがそういう傾向だったため、どこか勘違いしていた。もっと分析をして、究極の味に辿《たど》り着かなくては。

口の中に唾液《だえき》があふれてくる。

ああ尊い。

食は、この世で最も尊く、素晴らしいものだ。しかし、日常的であり過ぎるが故《ゆえ》に、多くの人がそれに無関心になり、深くは考えない。愚かにも人間は身近なものの価値に気が付きにくいのだ。

知性により地球で圧倒的な勝利をおさめている人間が、唯一知性を捨てざるを得ないのが食だ。自分たちがいかに高尚《こうしょう》な議論を行い、難解な予想の証明をしてみせたとしても、自然から逃れることはできない。食はそれを示す明らかな根拠だった。人間としての命のルーツだ。それを実感として落とし込んだときに、食の尊さが分かる。

食は、命の媒介《ばいかい》でもある。

命を吸収し、自分のものとする。

魂の取り込み。

精神も体も、口にしたものだけで出来上がる。

命というテーマは古代から今に至るまで常に語られ続けているけれど、その答えは出ていない。——ということになっている。でも実は、答えはとっくに出ている。

命は、その口の中にあるものだ。咬筋《こうきん》・側頭筋・外側翼突筋《よくとつきん》・内側翼突筋を動かして咀嚼し、咽頭《いんとう》粘膜に加えられる触刺激による反射運動によって嚥下《えんげ》し、味蕾《みらい》で甘味、酸味、塩味、苦味、うま味という電気信号に還元されているそれが、命だ。

車を駐車場に停めて、マンションに入る。番号を入力しロックを解除して、エレベーターに乗り込んだ。七階を押す。

つい、鼻歌を歌ってしまう。全身が高揚《こうよう》しているのが分かる。ああ、橘くんの血が近づいている。しかも、全部使ってしまっても、彼にまたもらえる。これから先、ずっと楽しめるのだ。

「ただいまー」

誰もいないのに、つい上機嫌になってあいさつしてしまう。靴を脱ぎ、いつもは適当に並べるところをきっちりと整列させる。

楽しみなことがあると、なぜか他のことがきっちりできるようになる。

居間に入り、鞄をソファに置いてから、洗面所で手を洗う。血液は単体以外にも楽しみ方がある。料理に加えるのだ。今日の晩御飯はパスタにしようと決めていた。ソースに彼の血を加えるのだ。爪《つめ》の間まで丁寧に洗った手をタオルで拭いていると。

「こんにちは」

「きゃあっ！」

すぐ後ろから声をかけられた。驚いて振り返ると、笑顔の女の子が立っていた。

天使、かと思った。

髪がしなやかだからか、柔らかな雰囲気だ。身に着けている服が全てオーバーサイズであり、白で統一されている。妙な色気を感じた。作り上げたような可愛さが、お伽噺《とぎばなし》の中の生き物を想起させる。

しかし、目の奥に——昆虫類を直感させるような蠢《うごめ》く何かがあって、それが、圧倒的に純白のイメージを蝕《むしば》んでいた。天使だとしたら、翼が痛々しく折れ、血で染まり、堕《お》ちている。

性別も、姿形も違うのに、どうしてか、一人の人間を想起した。橘終だ。顔や体を観察し、共通点を探すが、見つからない。彼女の中に、橘終を見出《みいだ》すことはできない。でも、似ている——というか、そのものだ。その不思議な感覚を言葉にしようとして、ようやく理解した。

橘終と、イデアが同じなのだ。

「おかえりなさい、澤田せーんせ」

私の名前と、教師という立場を知っている。見た目の年齢も相まって、うちの生徒かと思ったが、彼女のような目立つ容姿の人間を私が覚えていないわけもない。

しかし、どこかで見たことがある。

確かに、脳裏に焼き付いている。

「誰……？」

どうやって入ってきた？　何の目的で？

「血は、もう全部飲んでしまいましたか？」

「…………」

私の行いを知っている。何者だ？

こちらが優位に立つためにスタンガンを使いたかったが、あいにく鞄の中だ。彼女が入り口側にいて、ソファまで取りに行くことはできそうになかった。相手は子供だ。力ずくで何とかするしかない。

「飲んでしまいましたか？」

しかし、どうしてか体の芯《しん》が震える。今まで何人も生徒を押さえつけてきたというのに、彼女に手を出そうとすると、体が動かない。

どうして？

左手で、右手の震えを押さえつける。

……まさか。

まさか、私は、怯《おび》えているのか？

「ねえ、飲んじゃったんですか？」

「いや……、まだ残ってる」

彼女の声音は優しかったが、暴力のにおいに満ちていた。体が勝手に答えてしまう。私の言葉を聞くと、彼女から発せられていた邪悪な何かが、すっと引っ込んだ。

「そうですか。今から楽しむんですか？」

「そのつもり、だけど」

「それじゃあ、私もご一緒していいですか？」

迫る笑顔に負けて、頷いてしまった。彼女は微笑《ほほえ》みを深める。彼女は洗面所から出て、居間の椅子に前後ろ逆に座り、背もたれに顎《あご》を置いた。私もついていき、キッチンに立つ。

「あ、ストレートですか？」

「え？」

「飲み方ですよ」

血の楽しみ方に名前を付けているのか。

「…………」

もしかして、彼女は、私の同類なのではないか？

その思考は薄く、一瞬だった。しかし、頭の中に確かに垂らされた糸に、私は勢いよく食いついてしまった。彼女に対しての警戒心が霧消した。

「一部はストレートで、残りは料理に混ぜようと思っているけど」

「それじゃあ先に一部、私にくれませんか？　少しでいいですから」

「もちろん。構わない」

同じ趣味の友人を得られたのは単純に嬉しい。友好の印として、彼の血を分けてあげるくらい、お安い御用だ。私はまた彼の血を得られるのだし、ケチケチする必要はない。

台所下にある真空容器を開く。出かける前にあらかじめ冷凍庫から取り出して常温に戻しておいたものだ。彼女がポケットからシリンダーを取り出す。シリンダーを持ち歩くのは、私たちみたいな人間の常識だろう。

「これに入れてください」

細いシリンダーだったので、すぐに半分ほどになる。これくらいで十分だろうか。

「ありがとうございます」

「良いものは、良さを分かる友人と共有するものだよ」

パスタを茹《ゆ》でている間、待っている彼女を見て、大学時代に彼と同棲《どうせい》していたことを思い出した。

大学時代の彼の血は瑞々《みずみず》しく、比較的おいしかった。もちろん、それとは別に、私は彼のことを愛していた。ある日、彼が寝ている間に彼の腕に傷をつけて血を飲んでいるところを見つかってしまった。説得もむなしく、彼は半狂乱《はんきょうらん》になって、私を殴りつけて出ていった。

私は、彼との結婚を考えていた。喧嘩《けんか》もしたことがなかったし、学内でも有名なくらい仲の良いカップルだった。

でも、私のこれを知ったら、終わってしまった。たった一つの違いで、殴られた。

そんなものだろう。価値観のズレというのは、人と人を断絶するには十分な要素だ。

パスタができあがり、食卓に並べた。彼女を正面の席に着かせる。誰かと家で食事をするなんて、いつ以来だろう。

「血液とバジルソースを合わせてから、パスタに和えたものだ。塩とレモンで味を調えて、三つ葉とトマトをトッピングしてある。シンプルだが、そっちの方が素材の味が生きると思ってね」

「わあ、おいしそう！」

彼女は手を合わせて、目を輝かせる。

「量が少なくてごめんね。一人分を二つに分けたから……」

二人分作るには、血の量が足りなかった。

「構いませんよ」

二人で「いただきます」とあいさつをしてから、フォークで巻き取り、そっと口に運んだ。

「……！」

バジルの野性的な甘みが血液の塩味を引き立たせ、とろみが出ていて食感もちょうど良い。生物のくさみをバジルの緑が抑えていて、塩とレモンにより、親しみやすい口当たりに仕上がっていた。

彼女も一口食べ、口元を押さえて目を見開く。

「おいしい」

「分かる？　今までで一番よくできたかな。やっぱり素材が良いからかなぁ」

「こんなに合うとは」

そう言った直後、彼女はズルズルと吸い込むようにパスタを食べ、目を離す隙《すき》もなく、あっという間にパスタをたいらげてしまった。

「ごちそうさまでした。おいしかったです」

血が、口《くち》の端《はし》に垂れるようについている。

「ああ……お粗末《そまつ》さまでした」

見た目の可愛さと、食べるときの豪快さのギャップに見入っていて、私はまだ一口しか食べられていない。

ふと、彼女が席を立つ。

「もう帰るの？」

できればこの後、ワインでも楽しみながらゆっくり語り合いたかった。でも、彼女は未成年だし、実家住まいだと家の都合もあるだろう。

「いえ、まだ少しやることがあるので」

「やること?」

彼女がテレビに寄り、その裏を覗き込む。テレビの裏になんか、何もないはずだけれど。彼女が何かを取り出して、後ろ手に隠した。

「なあに?」

プレゼントをする子供のような笑みを浮かべている。食事のお礼だろうか? しかし、次の瞬間、彼女が右手に握っているものが明らかにされ、ぎょっとした。

金属バットだった。

「え——」

リアクションをとる前に、彼女は視界から消えるように突然低姿勢になり、一瞬にして距離を詰めてくる。そのまま一回転し、遠心力が付加されたバットで、椅子ごと腰のあたりを殴られた。

木製の椅子の背もたれは、真っ二つに折れ、金属バットは私の腰にめり込んだ。そのまうつぶせに倒れこむと、背中にもう一発入れられた。コヒュッ、と喉が鳴り、肺がしぼられたようにその機能を停止した。呼吸ができない。無理やりにでも息を吸おうとすると、しゃっくりのようになるだけだった。

もがいている間に彼女は、私の鞄からスタンガンを取り出し、腰に打ち込んだ。全身が発火したかのように痛み、顎の筋肉が痙攣《けいれん》する。彼女の行動に、躊躇《ちゅうちょ》が感じられない。同様に私の鞄から取り出したのだろう、注射器を手に持ち、私のズボンを少し下ろし、鼠径部をよく観察した後に、狙いを定めて針を刺し込んでくる。刺し込んだかと思ったら、採血せずにすぐに針を抜く。ピュッ、と動脈から血が飛び出した。ドクドクと、とめどなく溢れる。

「なにを……」

しびれる舌で、何とか言葉を紡ぎ出す。

「澤田さんが終にやったことですよ。自分ばかりがやって、されるのが嫌だなんて、そんな子供みたいなこと言わないでくださいよ。澤田さんは先生なんですから」

終。

橘終の知り合いなのか。

それじゃあ、敵か。

やっぱり、と、どこかでそう納得していた。私の趣味を分かってくれるような人は、どうしてか敵になってしまうことが多い。

私はここで、死ぬのか。

まだ、食の極みにたどり着いていないのに。道半《みちなか》ばにして、死ぬのか。

嫌だな。でも、仕方がない。きっと他の人間だったら良心が痛むようなことを、私は何も思わずしているのだから。

どうしたら、よかったのだろうか。どうしたら、うまく生きられただろうか。

すぐに答えが出る。

どうしようもなかった。

私は味覚の輝きに取り憑《つ》かれ、血液の味を知ってしまった。それを、おいしいと感じるように生まれてしまった。誰が悪いわけでもない。

強いて言えば、生まれた世界が悪かった。

「殺しはしませんよ。終と約束してるので」

意外にも彼女はそう言いながら、白い布を私の患部に縛りつける。私がいつもやっていた応急措置だ。

「約束、約束……」

慣れない手つきで処置をしながら、彼女がぶつぶつとつぶやいていた。

「たぶん、殺しても終は私を受け入れてくれるんです」

「………」

「私が人を殺したとしても……、抱きしめてくれる」

何を言っている？

「でも、だからこそ、無闇《むやみ》に殺したらいけないんだと思うんです」

その表情は、まるで普通の女の子が思い悩んでいるようだった。

処置が終わる。不格好で、痺れが治ったら自分で処置し直さなくてはいけないだろう。

「本当はもっと血を失っていたんですからね」

「だ、れ……」

結局彼女は、誰なんだ？　橘終とはどんな関係があるんだ？　どうやって私の家を知った？　どうやって家の中に入った？

彼女の存在そのものが謎だった。私の考えを察したのか、彼女はにこりと微笑んで、台所へと走り、包丁を持ってきた。私の頭の上で、自らの指先を傷つける。プツッ、と血が滲《にじ》み、やがてそれが水滴となって、一滴垂れた。私の口の中に入れるように、彼女が位置を調整したおかげで、それは見事に私の舌の上に着地した。

「あ、ああ……！」

さらりとした舌触り。それを上あごと舌で潰して伸ばしていくと、独特な酸味が気化して鼻へと抜けていく。味覚と風味が理想的な割合。

これは、橘終の血液と同じ味だ。最高級の血液だ。どうしてそれが、彼女の中から……。そこで、ようやく考え至った。彼女はいないものとなっていたから、思考から抜け落ちていたのだ。

橘終には、珍しい、異性一卵性双生児の片割れがいた。

乙黒アザミ。

現在発生している紐鏡殺人事件、その容疑者だ。

「終は私の。終自身も、その血も。分かりましたか？　先生はただ分けてもらっているだけ。終を自分のものにしようだなんて、考えないでくださいね」

「………分かった」

アザミが爽やかな笑顔を浮かべた。

「それさえ分かってくれたらいいんですよ」

それが彼女の目的か。

終が自分のものだという宣言。

てっきり殺されるのだと思ったがそのつもりはないらしい。

「あ、だめですよ、ここに来たこと終に言っちゃ」

アザミが口の前で人差し指を可愛らしく立てた。彼女は、何者なんだ。橘終はあんなに落ち着いた性格なのに、どうして彼女はこんなに暴力的なんだ？　双子なのに。いったい、終とアザミは、どこでどう道を違《たが》えてしまったんだ？

「アザミ……君はいったい、何のために……この街に……来たんだ」

すべてが、橘終のためなのだろうか。

私への復讐も。

紐鏡殺人も。

この街に来て、いったい何をしたいんだ。

「一人、本命で殺したい人がいて」

殺したい人。

それは誰なのだろうか。

アザミが新しい注射器に、シリンダーから血液を入れている。さきほど私があげた、橘終の血液だ。

「な……」

何を、しようとしている？

私が言葉を発しようとするのを見て、アザミは微笑んだ。

「澤田さん。料理に混ぜるのもいいかもしれませんが、私、ずっとこれ、やってみたかったんですよ。多分、こっちの方がもっとおいしい……」

そう言って、アザミが注射器を自らの二の腕の血管に刺し込んだ。ピストンを押して、橘終の血液を注入していく。その間、アザミは天井をぼうっと見上げ、どこか恍惚《こうこつ》とした表情を浮かべていた。

「っはあ……」

針を抜いて、アザミは手から力が抜けるように、その場に注射器を落とした。多幸感《たこう》に服従するような、呼吸と混ざり合った小刻みな笑い声を上げている。

全身の肌が粟立ち、背筋の温度が数度下がったように感じた。その姿はおぞましく、生々しいのに、神秘的だった。

「終……」

彼女の瞳の奥の何かが、大きくゾリゾリと蠢いている。

私は自らが異端だと思っていた。

しかし、何かを見て恐怖を抱いたり、ゾッとしたりするのだから、きっと、まだ普通に位置しているに違いない。

◆二章　人形の糸

0

――行方不明となっている女子小学生の事件の続報です。事件から五日経った今日もまだ発見には至っておりません。行方が分からなくなっているのは、小学六年生の百枝《ももえだ》さなえちゃんです。さなえちゃんは十六日午後四時半頃、通学路付近にある片白江《かたしらえ》東《ひがし》公園で遊んでいたのを最後に、行方が分からなくなっています。警察はさなえちゃんが何らかの事件に巻き込まれた可能性もあるとみて公園や自宅付近の捜索を続けています――

1

起床すると、隣でアザミが寝息を立てていた。寝るときにはいなかったはずだが、夜中に僕の部屋に入り込んできたらしい。「わあっ！　ちょっ、な……⁉」とか反応できればいいのだが、アザミが家に来てから大体いつもこうなので今さら何の感動もない。今日も太陽が昇ったな、程度の認識だ。いつまでも初々《ういうい》しくいられるにはどうしたらいいんだろうか。今度、ゼクシィ読もう。

上半身を起こし、伸びをしてからアザミの頭をわしゃわしゃと撫でると、くすぐったそうに身を縮《ちぢ》こまらせて、うっすらと笑みを浮かべてから口をもにょもにょと動かしていた。頬をつまむと眉根《まゆね》が寄る。

「………」

加虐心。もっとアザミで遊びたくなったが、澤田先生が犯行をやめて一ヵ月が経ち、おかげで学校が再開されてしまった。遅刻しないためにはさっさと準備を始めないといけない。

ベッドを降り、あくびをひとつ。今日も一日、健康に過ごすために、朝の点検第一体操を行う。

まずは窓のつなぎ目をチェック。セロハンテープがはがれている。

「………」

アザミが外出した証拠だった。今さら驚きもしない。

それよりも今は困ったことがあった。

カーテンレールの右端をチェックする。何もない。次は左端。カーテンの陰に五センチ角の黒い物体が取り付けてあった。丁寧に取り外して観察すると、それは赤外線カメラのようだった。それを机の上に置いてから、机の下に手を突っ込む。何かが引っかかる。つまんで引っ張ると、テープをはがしたような感触がして、クリップほどの大きさの黒い物体が出てきた。盗聴器だ。たしか、この型は有効距離が百メートルと短いはず。それも机の上に置いてから、今度は机に上り、エアコンの上を確認した。小型カメラ回収。出入り口付近のコンセントに、差した覚えのない三叉プラグ。それも取り外し、まとめて机の上に置いた。絨毯《じゅうたん》の角、本棚の上、ベッドの下などをチェックしたが、他のものは出てこなかった。

これで三度目である。

犯人は分かっていた。

「ん……終、おはよ」

赤外線カメラを手に取り観察していると、背後でアザミが起きる気配がした。

「おはよ、アザミ」

振り返ると、アザミは僕の手の中にあるものを一瞥《いちべつ》してから数秒硬直し、わざとらしく咳《せき》をした。

「朝ごはんの準備しよーっと」

料理したことないだろ。

「アザミ、話があるんだけど」

「私はないよ！」

逃げるように僕の部屋から去ろうとするアザミの肩をつかむ。

僕の目を見てから、気まずそうに逸《そ》らした。

「盗撮はだめって言ったよね？」

「……ごめん」

アザミは僕に向き直り、すまなそうに俯《うつむ》いた。ウッ。落ち込んだアザミを見ると胸が苦しくなる。

アザミの頭に手を置くと、彼女は上目遣《うわめづか》いで僕の顔色を窺《うかが》った。笑顔を見せると、彼女は三倍の笑顔を返してきた。あらかわいい。

反省したのならそれでいい。

「その、今度から盗聴だけにするね」

「……待って」

僕が目頭《めがしら》をつまむと、アザミは首を傾《かし》げた。この子、本当に分かってないのか？　あざとくしらばっくれているのか？

先月、宅配便が届いた。中を開けてみると盗撮盗聴グッズの数々であり、アザミが頼んだようだった。サイバー警察に購入履歴を見られたら怪しまれることこの上ない。しかし、やってしまったものは仕方がない。アザミには、ネットで買い物する危険性を教え、どうしても欲しいものがある場合は僕に頼むように言いつけておいた。

「一応言っておくけど、盗聴もだめだよ」

「えー！　盗撮も盗聴もできないの⁉」

「ええ、はい……」

そんなに驚かれてもこっちが反応に困る。もしかして僕がおかしいこと言ってるんじゃないのか、という気分になる。

アザミが腕を組んで神妙な面持ちで僕を見やった。

「マジに？」

「マジに」

に……？

「そしたらどうやって一緒にいないときの終を知ったらいいの？」

「そもそも一緒にいないときの僕をどうして知りたいの？」

「終の全部が知りたいからです」

なるほど。

「今までほとんどずっと一緒に育っただろ？　もう十分、終マイスターだよ。今度表彰状書いてあげるって」

「子供扱いしないで。私の方がお姉ちゃんなんだから」

「いや、生まれでは僕が兄だろ」

「でも小さい頃は私が面倒見てあげてたんだよ。私がお姉ちゃん」

アザミがぽつりとつぶやいたその言葉が、僕の心の導火線に火をつけた。

「そんなの兄か姉かを語るには不十分だな。今、どちらが兄、姉らしいかで語ろうじゃないか。やろうぜ、年上決定戦」

「わ、終、面倒くさい」

アザミは苦い表情をしてから、「そうじゃなくて」と話を戻した。

「二人の時間が少なすぎるよ。終はほとんど学校だし、帰ってきてもバイトしたり、勉強したり。こうやってまた二人で一緒にいられるようになったのに、……私、少し、寂《さび》しいよ」

目を潤《うる》ませ、こちらを見てくる。小動物を捨てるとき、目が合ってしまったような罪悪感にさいなまれる。

「……まあ、うん。言いたいことは分かる。でも、それだったら、部屋にしかけるのは効率悪いのでは……。学校の様子とかを知ろうとすればいいんじゃないの」

分かってないなぁ、とため息をついてから、聞き取るのが精いっぱいの早口でまくしたてきた。

「まず隠しカメラを仕掛けるには、こちらからは見えるけど相手には気づかれないようにしないといけないの。そうなると終の制服のボタンや胸ポケット、襟《えり》になると思うんだけど、それだけ小型のカメラだと撮影時間が二時間程度だし、そもそも終の姿が見えないし意味がない。盗聴器の場合、終の学校に行っている時間、約七時間をカバーするにはそこそこ大型の盗聴器が必要だし、そうなったらもう録音機サイズになっちゃうの。それに私は録音じゃなくてリアルタイムで聞きたいから、有効距離もここから学校までの七キロは欲しい。でも、それもやっぱり大型になっちゃう。終に気づかれずに仕掛けられるサイズじゃない。だから、部屋くらいにしか仕掛けられないの。分かった？」

「分かりたくない」

息を荒らげるアザミ。物理的距離を取りたくなる僕。

「気づかれずにカメラや盗聴器を仕掛けるのって、結構難しいんだよ？」

「そんな、『私も苦労してるんだよ？』みたいに言われても」

物事は熱量じゃなくて方向が大事なんだとよく父さんが言っていただろ。

……まあ、でも。

たしかに、アザミの言うことは一理ある。せっかくまた二人で同じ屋根の下で暮らせるようになったというのに、あまり一緒にいられる時間が作れていない。

でも、仕方がない。学校には行かなくてはいけないし、いくら澤田先生から援助をしてもらっていても、まだまだ足りないのでバイトもしなくてはいけない。勉強をしないと進級できなくなってしまうし、削れるところはどこにもない。

「一緒にいる時間を増やす方法」

アザミはスマホに向けて喋《しゃべ》ると、検索結果が表示される。

スマートフォン。

アザミに与えているのは、僕が以前使っていたモデルのものだ。この家に飛ばしているWi-Fiでインターネットに接続されている。

僕が吸血鬼女に襲われてから、いざというときのためにアザミに与えた。

「…………あ」

僕にもスマホがあり、アザミもスマホを持っている。どちらもネットにつながっている。

彼女の欲をある程度満たせそうな方法を見つけた。

それを提案すると、アザミはずいぶんと乗り気だった。その後、満足した彼女はスマホでゲームを始めたようだった。

平和そのものの生活。

しかしこれは偽《いつわ》りの平和だ。

——女児行方不明事件。

数日前、一人の女子小学生、百枝さなえちゃんが行方不明となった。最後の目撃情報は近所の公園で遊んでいる姿だ。

行方不明事件として報じられているが、世間では紐鏡事件に巻き込まれたのではないかともっぱらの噂だった。

百枝さなえちゃんは第六の被害者になってしまったのだろう、と。

そう、第六だ。

採血事件が終わり——世間的には犯行が止まり——それから二週間後紐鏡事件、第五の被害者が出た。

さなえちゃんも数に入れれば、鷺森先生が言っていた二週間に一度のペースも維持されている。

紐鏡事件は終わったのではないかと期待する世間を再度不安に陥れた。

——アザミ。

百枝さなえちゃんが誘拐されたのは十六日の午後四時半頃だ。その日僕が帰宅したのは五時半頃。アザミが外出するとしたら僕が眠った後だろうと思っていたが、もしかしたら昼間にも出ているのかもしれない。現に窓のチェックではアザミは窓を開けている。

当然とでもいうように、十七日の早朝の窓チェックでは、アザミは外出しているようだった。アザミ、君は……。
「…………」
はっとする。
何を疑っているんだ。
彼女が殺人犯であろうが、そうでなかろうが関係ない。
僕は彼女を受け入れ、ただ一緒にいるのだ。それをアザミは望んでいる。
――しかし、同時に気が付いていた。
僕は殺人を嫌悪している。その生々しさを知っている。
そっと触れた記憶から、ずるずると見たくないものまで引っ張り出されてきた。
横たわる母、解体されていく体――。
咄嗟に口を押さえ、上を向く。吐き出しそうになったものを無理やりに戻した。
「……はあっ」
喉が胃酸で焼けて痛む。
横目にアザミを見る。
僕が本当に彼女を受け入れているというのなら、聞けばいいのだ。
しかし僕はまだ、アザミに聞けていない。
紐鏡事件の犯人は君か、と。

考えにふけっていたら遅刻ギリギリになっていた。軋《きし》むくらいに自転車を飛ばす。普段使うことのない大腿四頭筋《だいたいしとうきん》が熱くなり、筋肉繊維が引きつっていた。運動は苦手だ。朝からこんなにカロリーを消費したら、今日一日ずっとダウンしていることになりそうだった。

だが、そこまでして遅刻をしないということには意味があった。僕は成績が芳《かんば》しくないので、せめて内申点をとっておかないと進級が危ぶまれるのだ。

遅刻というのは二回で、一回欠席したのと同じ扱いになる。欠席しがちな僕だ、どうせ学校に行くのなら遅刻で点を引かれたくない。

校門が見える。八時四十五分の鐘《かね》が学校から聞こえ、それと共に、校門付近に立っている人影が校門を閉め始めた。僕は足に力をこめて、さらに加速。

間に合う、間に合え、間に合わ、な……あ。

あ、あ、あ。

気が付いたときには、閉まった校門に前輪がはさまり、急停止。頭が大きく振れる。何が起きたか空中で理解した。有り余った運動量はそのまま後輪を浮かせ、車体ごと空中前転させたのだろう。

校門を上下逆《さか》さで飛び越える僕は、神秘的に映ったに違いない。

校門のふちに後頭部を強打。校庭への着地に失敗し、薄れた意識の中で焼けるような痛みを背中に感じた。地面と激しく摩擦したのだろう。仰向《あおむ》けだというのが幸いだった。うつ伏せだったら、顔面が無事じゃすまない。熱い。足と背中、二の腕から出血しているようだった。

「あぐ……」

悶《もだ》えていると、誰かが僕の横に立ち、覗き込んできた。

「橘くん、おはよう」

校門を閉めた張本人が落ち着いた様子であいさつをした。

「うっ……あ、がっ……」

僕は、頭を強打したのと、乱雑で強大なGに晒されたことにより、嘔吐《おうと》しそうになっていた。

「ね、橘くん。おはよう」

「…………」

「おはよう」

「…………お」

「おはよう」

「ぐ、……おは、よ」

あいさつは重要らしい。

朝の爽やかなあいさつから健康な一日が始まる。水次《みつぎ》さんがここまでこだわるのもよくわかる。問題があるとすれば、既に今日、健康な一日が送れそうにないということだけだった。

「橘くん。遅刻よ。次から気を付けてね」

そのまま水次さんは去ろうとする。

「いや、あ、の……」

「どうかしたかしら?」

水次月《つき》。

僕のクラスの学級委員長であり、生徒会役員の一員だ。だからこそこうやって、遅刻者の管理も任されている。

体温を感じさせない白い肌に、憐《あわ》れみを浮かべる瞳。すべてのものに無関心を強いられているような、どこか浮世離れした印象を受ける。言われたことをミリで狂わず実行し、時間をコンマ単位で守る。そんなことはもちろんないのだが、そう言われたら、その言葉を鵜呑《うの》みにしてしまいそうだ。県内一位を取るほどに成績優秀で、運動神経が良い。良く教育された高校生の鑑《かがみ》。

——悪く言えば、どこかロボットじみていた。

彼女を「アンドロイド」と呼ぶ男子もいるくらいだった。

現に、彼女はこうして元気に登校している。

採血事件の被害者なのに、だ。

採血事件の他の被害者は、まだ家に閉じこもっていたり、学校にいても明らかに暗い表情を浮かべていたりする。その中で、澤田先生に襲われ、入院し、退院した次の日からケロッと学校に現れた彼女は異様だった。

水次月のプライベートについて誰も知らないのも、そのイメージに拍車をかけている。水次月は、それこそ委員長をやるくらいだし、友達がいないわけではないが、自分のことを極端に話そうとしない。ミステリアスガールなのだった。それが良いのか、一部の男子からは人気が高い。

僕が水次さんを人間らしいと感じる部分は、強いて言えば、髪形だろうか。肩ほどまでにざっくりと揃《そろ》えられた長さ。前髪にいたっては明らかに斜めになっている。自分で切っているのでは？　と思ってしまう。その印象もあって、左目尻《ひだりめじり》に打たれた大きな涙黒子《なみだぼくろ》は、誤って自分で塗《ぬ》ってしまったかのように思えた。

「何もないなら、私、教室に戻りたいのだけれど」

その場を去ろうとする水次さんをこのまま逃がしたら死体になってしまいそうだった。

右目に血液が入ってひどく染《し》みた。

「小学校には、道徳という授業があったけど、ちゃんと受けた？」

水次さんは振り返り、頷いた。

「ええ、道徳の評価は最高だったわ。私の得意科目よ」

「そうか……。僕の勘違いだといいんだけど、もしかして水次さん、僕を視認していながらも校門を閉めた？」

「ええ」

それが何か？　と言わんばかりだ。

「だって、時間だったもの」

「アンドロイドめ……」

まあ、確かに飛ばした僕も悪いし、そもそも遅刻した僕が一番悪いんだけど。それでも猛スピードで突っ込んでくる自転車があると認識していて閉めるか？

彼女は僕の言葉に別段《べつだん》機嫌を悪くすることもなく、一瞥するだけにとどめた。

「ねえ、もしかして、橘くんって」

「ん？」

「……助けてほしいの？」

「さすがは得意科目が道徳なだけはある」

「まあね」

なんで少し得意げな顔をするんだよ。

「助けるのはいいけど、遅刻は遅刻よ」

そう言って、水次さんはようやく手を差し伸べてくれた。その手を掴み、立ち上がろうとするが、うまく体のバランスがとれずに足を滑《すべ》らせた。水次月は僕にされるがままに引っ張られる。こいつ、起こす気ないのかよ。

側頭部を地面に打ち付け、その上に水次さんが覆《おお》いかぶさるようになった。視界が一瞬ブラックアウトし、頭が割れるように痛んだ。

先日から、僕の脳細胞が減るようなことしか起きていない。

派手に転んだようだ。水次さんの鞄の中身が散乱していた。鞄のファスナーが僕の制服のボタンに引っかかっていた。

「ごめん、水次さん、大丈夫?」

水次さんの制服に、少し僕の血液が付着してしまっていた。

「大丈夫よ」

彼女はすっと立ち上がり、スカートを払う。僕は小鹿《こじか》のように足を震わせながらも、自身の足で立ち上がる。そのまま散乱した彼女の荷物を集め始めた。

「あ、ごめん」

「いいわよ。私がやるから」

水次さんも散らかった自分の荷物を集めている。

「いや、少しだし……」

今にして思えば、軽率な行動だったと思う。スクールバッグの中身といえど、それはプライベートな物であり、彼女の私生活が垣間見えてしまうと、想像しておくべきだった。意識が朦朧《もうろう》としていたからといって、あまりにも、僕の行動は、乙女に立ち入っていた。

僕はそこで、見つけてしまったのだ。

完璧《かんぺき》で、でもどこか不器用なアンドロイド——水次月。

その彼女のプライベートを物語る、なにか。

僕はそれを視野に捉《とら》え、理解した瞬間、逡巡《しゅんじゅん》し、それをそっとノートにはさんで、彼女に手渡した。

「ん、ありがとう」

水次月は特に不審がることもなく、僕からノートを受け取り鞄にしまった。

「肩、貸した方がいいかしら?」

「いや、どうにか自分で歩けそうだ。というか、血、ごめん。少しついちゃったみたい」

「いいわよ、別に」

「血は落ちにくいから早めに洗濯した方がいいよ」

努めて冷静に話す間も、僕の心臓が急《せ》くのをやめない。

「保健室までは送っていくわ」

頷いた水次月は、僕のすぐ隣を歩く。

彼女が——？

それは、分からない。

どういうことなのか、様々な可能性があるだろう。

彼女の荷物の中にあったもの。

それは、透明なビニールで包まれた布で、安全ピンでどこかに留められるようになっている、いわゆる名札だった。布には「片白江南小学校」と書いてあり、その横には、よく知られた名前が書かれてあった。

百枝さなえ。

現在、行方不明になっている小学生の名前だった。

2

「どうして！　もう、死んでよ！」

母が参考書で私の頭を殴りつけた。頭がぐわんと揺れて倒れそうになる。しかしここで椅子から落ちたらもっと怒られると思い、耐えた。

「ごめんなさい」

「馬鹿《ばか》！　本当に私の子なの⁉」

母に命じられたドリルをやり、三時間ほど経った後に母が見に来た。進捗《しんちょく》を確かめると、いつもは優しい母が怒り出したのだった。ドリルが全然進んでいないことに怒ったのだと思う。難しくて、できなかったのだ。

母はしばらく息を整えると「この一冊が終わるまでは今日は寝ちゃだめ」と言った。

さっきの声よりはずいぶんと優しかった。

いつもの母に戻った。

「……ねえ、お母さん」

「何？」

「どうして私は休みの日にずっとドリルをしていなきゃいけないの？」

「それが家の決まりだからよ」

「どうして決まりを守らないといけないの？」

母は一瞬、動きを止めた後、答えた。

「……あなたを、愛しているからよ」

愛している。

ゆりかちゃんと縁を切らなきゃいけないのも、学校が終わったら二十分以内に帰らなきゃいけないのも、遊びに出かけちゃいけないのも、テレビを観ちゃいけないのも、漫画を読んじゃいけないのも、お父さんと話しちゃいけないのも。

私を愛しているから。

愛するって何だろう。

私は間違いなく愛されている。母がいつも私にそう言っているから確かなことだ。しかし、愛するということが分からない。

私が母に抱いている気持ちは、申し訳なさだ。

いつも、謝っている。

どうして母は、こんな勉強も運動も中途半端《ちゅうとはんぱ》にしかできない私に貴重なお金や時間をかけ、学校にまで行かせてくれるんだろう。

意味が分からない。

何度聞いても、愛しているから、と言われる。

愛するってなんだろう。

愛すると、そういう、意味の分からない浪費ができるようになるんだろうか。

愛は、人を幸せにするらしい。

それなら私も、誰かを愛してみたい。

＊＊＊

「なんかお前、頭からの出血が多いな」

「ええ、つい頭でかばっちゃう癖《くせ》があって」

「頭以上に何をかばってるんだよ」

一限のチャイムを聞き流し、僕は鷺森先生とのランデブーを楽しんでいた。

水次さんに保健室まで送ってもらった後、適当に治療を受けたら授業に出席しようと考えていた。深夜バイトを終え、家で休んでいる間に一限が終わっていることが多いので、一限の出席率はすこぶる悪い。こういう機会にはぜひ出席したいものだったが、鷺森先生が許してくれなかった。

頭に包帯をきつく巻き付ける。

「いたっ、ちょっと、先生、強いです」

「止血なんだから、強くしないと意味ないだろう？　というか、頭なんだからちゃんと病院に行くんだぞ？」

「行きますよ、当然じゃないですか」

鷺森先生がため息をついた。

「病院に行くと言いながらも全然行かない。行ったと言いながら行っていない。つまらない嘘をついてきたのは誰だったかな?」

鷺森先生の視線が鋭い。

「僕には鷺森先生がついていますから。先生に治療してもらえればそれでいいんですよ」

「馬鹿」

先生は慣れた手つきで治療の記録に記入していく。これがスタンプカードだったら、そろそろ鷺森先生にご飯をおごってもらってもいいくらい溜まっているはずだ。

「治療は終わりましたか? それなら一限に出たいんですが」

「一限は体育だろ? 澤田の授業だ。遅刻は欠席扱いだよ。諦《あきら》めろ」

「…………」

逆に澤田先生の授業ならば、別に無理して出席しなくてもいいだろう。少し多めに血をあげれば出席くらいごまかしてくれるだろうし。

「……じゃあ一限は大人しくここでお喋りに興《きょう》じることとします」

「私は忙しい、一人で喋ってろ」

そう言って鷺森先生は椅子を半回転させ、デスクへと向かった。

暇になると、嫌でも考えてしまうのは、さきほどの名札のことだった。

百枝さなえの名札。

水次月はあの名札をどうしたのだろうか？　拾ったとして、警察に届けない理由は？　面倒だから届けないということも考えられたが、規律に人一倍うるさい水次さんのことだ。それはないだろう。

そうなると、今日拾い、放課後に届けるつもりだったとかだろうか。

もしくは——、水次月が百枝さなえを攫《さら》った。

「誘拐犯って、何考えてるんでしょうか？」

「誘拐？」

鷺森先生はデスクに向かったまま応《こた》えた。高い筆圧で鉛筆の芯が削れる音が響く。

「誘拐は分かりやすく、シンプルな犯罪だよ」

「そうでしょうか。どちらかといえば、理解しがたいもののように思えますが」

鷺森先生の言う、いわゆる向こう側の事件。

人を攫いたい。

その欲望は、少なくとも日常生活からかけ離れているように思えた。

「八万二千三十五人」

「え？」

「日本の、平成二十七年度の行方不明者数だ」

鷺森先生が何を言っているのか理解するまでに少し時間がかかった。

一年間で、八万二千三十五人が消えている。

そんなことがあり得るのか？

その数字はあまりに大きく、僕の直感とはズレていた。

僕の反応を見て、鷺森先生は口元をニヤリとさせた。

「大丈夫だ。八万人くらいは発見される」

「なんだ……びっくりさせないでくださいよ」

つまり、家出か何かということだろう。一応形式上は行方不明者だが大体は見つかるのだ。

「四千九十二人は死亡状態で発見。二千人近い人は未《いま》だに行方不明のまま、見つかっていない」

「二千人？」

その数値は八万人の後には小さく聞こえたが、しかし、冷静になると、想像できない、実感のわかない数字だった。

高校が四つくらいまるまる消えればだいたい二千人だろうか。

「つまりだ。この日本から一年間で二千人が消えている。多いだろう？　ニュースになるのはほんの一部だからな。行方不明の未解決事件なんて、数えきれないほど存在している」

――それくらい、人は簡単に消えてしまうんだよ。

「誘拐が起きると、一人消える。橘、君が思っているよりも、誘拐は身近な犯罪だよ。それはつまり、誘拐願望は人々の心の中に芽生《めば》えやすい感情だということだ。君だってあるだろう？　誰かを完全に支配したいと思ったことが」

鷺森先生が真剣な眼差しで僕の目を覗き込んだ。にやにやしていたのなら、まだ答えやすかった。どうしてこういうときだけ、――こういう質問のときだけ、真顔なのだろうか。

「そんなことないですよ」

独占欲。誰かを自分のものとしたい。

自分のそれが誰に向いているのかは自覚していた。

鷺森先生は雰囲気を柔らかくするように笑った。

「ほとんどの誘拐は、刹那《せつな》的な感情に基づくものだ。計画的な誘拐というのはほとんどない。だからこそうまくいかない。詰めが甘い。ここら辺で行方不明になっている、なんだっけ、百枝さなえちゃんだっけ？　あの子も、じきに見つかるだろう」

「……動機は？」

鷺森先生は、一瞬だけ目を見開く。そして僕を睨《にら》むように目を細めた。

「君はいつもそこばかり気にするんだな。……良くない癖だ」

「…………」

水次月が持っていた名札。

それがいったい何を指し示すのか知りたかった。

「動機は、猥褻《わいせつ》目的か、身代金《みのしろきん》目的が多い。最近では、複雑な心理的欲求の解消のため。さっきも言ったが、うまくいかないことがほとんどだ。犯人は刹那的な感情に支配されやすいため、誘拐したはいいが、満足したり、その扱いに困ったりして、殺害してしまったりする」

殺害。それは最悪なケースだろう。

まさか、と思うが、なぜか水次月が冷静に包丁を手にする姿が想像できてしまった。柄をゆっくりと握り、背後に忍ばせて、ニュースで写真が出ていた彼女の首筋に――。そのとき、水次月の瞳は何の感情も映し出さない。

そのイメージを意識的に振り払った。

空想だ。水次月はそんな人物ではない。彼女は何だかんだ僕を保健室まで連れてきてくれるような人間だ。人の命を奪えるはずがない。

「犯人の心は、傷ついていることが多い。心の大きな穴を埋めるために、生身の人間を利用するんだ。きわめて自分勝手で、劣悪《れつあく》だな」

「犯罪者なんて、社会から見たら全部、自分勝手で劣悪でしょう」

鷺森先生は「それもそうだな」と、机の上にあるコーヒーカップを手に取り、一口すった。

「それでも、中でもやはり誘拐というのは、心の闇を直接反映しやすい犯罪だと言える。直接的欲求ではなく、心の中の、社会的欲求に根差していることもあるんだ」

「心の闇、ですか」

「家庭環境、人間関係、社会的立場。それらが組み合わさり、誘拐をさせている。ある意味、社会が生んだ病理みたいなところはあるよ。実際に誘拐犯のカウンセリングをして、そう思った」

僕にも理解できる範疇《はんちゅう》の犯罪なのだろうか。それとも、アザミにしか分からない類《たぐい》の犯罪なのだろうか。

そのまま一限が終わるまで鷺森先生に誘拐事件について詳しく聞こうと思った。もし万が一、水次が誘拐犯ならば、水次はアザミを理解するための足がかりになるかもしれない。しかし、保健室に来訪者があった。ノックの音が響く。鷺森先生が答えると、入ってきたのは澤田先生だった。

授業中のはずだが……。

まあ、体育の授業といっても、バスケの試合やサッカーの試合をさせているだけだ。教師が不在でも大丈夫なのだろう。

「橘くん。何してるのよ、あなたは……」

澤田先生が、包帯をぐるぐる巻いてある僕の頭を見て嘆息気味にそう言った。

「怪我《けが》は男の勲章ですから」

「まったく、鷺森先生にばかり迷惑をかけて。……ごめんね鷺森先生、いつも橘が面倒をかけて」

あんたはお母さんか。

「べつにー。大したことはない。橘は傷の治りも早いしな。ただ、今回は場所が場所なので病院に行ってもらうけど」

「そう。……橘くん、水次さんから怪我したって聞いて心配したんだから。本当に大丈夫なの？」

「ええ、大丈夫です。止血もしましたし——」

そのとき、澤田先生の視線に乾いた鋭さを感じた。

包帯に染みていたり、制服に飛び散っている血液。それを素早く確認していた。その後、僕の後ろにそっと近づき肩に手を置いてくる。僕の頭付近で鼻をひくつかせたのを僕は聞き逃さなかった。

「そう、それならよかった。……鷺森先生、それじゃあ、橘くん、連れていきますね」

「はい、どうぞ」

人身売買成立。

そのまま僕は澤田先生に連れられ、教室にも職員室にも行くことなく、使用されていない特別教室へと連れていかれた。

何となくこの展開は読めていた。

だがこの状況はチャンスであった。

教室の鍵が閉められ、数歩進んだところで澤田先生が振り返った。

「ねえ、橘くん。あの……、お願いがあって」

先生は、ちらちらと僕の顔色をうかがう。

「約束の日じゃないっていうのは分かってるけど……その、血が欲しくて」

「そんな乙女みたいな態度でポケットからシリンダー取り出さないでください。あと、今日は血を失っているので嫌です」

僕が踵《きびす》を返すと、腕をつかんでくる。

「そんな！　ちょっとだから！　お金もあげるから！」

「うわあ……」

この必死さが気持ち悪い。

「ね？　いいでしょう？　ね？」

「よだれ出ていますよ」

僕の腕をきつく摑み、目を血走らせている澤田先生。このままだと、血を与えるまでは解放してもらえないだろう。強引に逃げることもできると思うが、僕の生活費は澤田先生に血液を売ることで一部まかなわれている。アザミとの生活を続けるために、この安定的収入源を逃したくはない。僕は澤田先生と良好な関係を築いていかなくてはいけないのだ。

「いいですよ、先生」

「あ、ありがとうございます。それでは、さっそく……」

「ただし、交換条件があります」

シリンダーを持つ手を止める。澤田先生はお預けを喰《く》らった犬のように、切なそうな表情をした。

「なに?」

いつもはこういう時、別途料金をもらっている。

しかし今回はその代わりに欲しいものがあった。

「お金ではなく、水次月の個人情報と交換です」

「あー、生徒の個人情報、ね……」

腐っても教師。生徒の個人情報を漏らすことがどれだけまずいことかよく分かっているようで、躊躇が見られた。

「なに、橘くんって水次さんのこと好きなの？」

「じゃあ、そういうことで」

「なによ、そういうことでって。ちゃんと何に使うか教えなさい」

「ちょっと水次月さんのことを知りたいだけです。悪用するわけじゃないですよ。いただいた情報は漏らしませんし、そこは安心してください」

「…………」

澤田先生は訝《いぶか》しむ目で僕を見る。僕は踵を返す。

「分かりました。この取引は中止にしましょう。それでは」

「待って！　分かったから！　教えるから！」

腕を摑み、強引に引き留めてくる。

「水次月の住所、電話番号、あとは家庭環境を知りたいです」

「……分かったわ。職員室に行ってくるからちょっと待ってなさい」

僕にいろいろと聞きたいこともあったようだが、澤田先生は何も聞かずに特別教室から去り、五分ほどしてから、息を切らして戻ってきた。

「そんなに急がなくても」

「私、二限も授業入ってるのよ」

澤田先生は、持ち歩いている名簿に挟んで、水次月の個人情報を持ってきたようだった。

「これは水次さんの携帯番号ね」

その後、自宅の電話番号も言われたが、とりあえず水次さんの携帯番号だけ登録しておいた。

住所も手に入れた。犯行現場と目される公園からは十キロほど離れている。

もし彼女が百枝さなえの誘拐犯ならば、この十キロの間、目撃されずに子供を連れ去ることは可能なのだろうか。難しいように思えた。

澤田先生がぽろっとこぼした。

「ご両親と話したこともあるけど、すごく温かみのある方で、水次月さんのことを第一に考えるような人たちだったわよ。娘のためだから、と下宿までさせて」

「今、一人暮らしなんですか？」

「ええ、そうよ。実家は県の外れの方だから下宿しているの。向こうには高校、ほとんどないし、片白江高校に通うには、片道三時間かかるのだから、まあ、普通じゃないかしら」

僕の友達にも下宿している人がいる。別段、珍しいというわけでもないだろう。

ただ、誘拐するのならば、一人暮らしというのは最適な条件の一つだと思った。

澤田先生の口ぶりからするに、一般的な家庭のようだった。

一般家庭で普通に育って、僕が自転車で突っ込んでくるのが見えているのに校門を閉めるような人間になるかはいささか疑問ではあるが。……いや、そうではないか。

自分の常識と、他人の常識を一緒くたにしてはいけない。彼女には彼女のルールがあり、それを抱いて生きているのだから。

「情報提供、ありがとうございます」

思ったような情報は得られなかった。

でも、これでいいのだ。

水次月の疑いは、ほぼ晴れた。

猥褻目的も同性だからないだろうし、娘を下宿に出すくらいの余裕はある家なので身代金目的もないだろう。そうなると、複雑な心理的欲求を満たすため、ということになるが、それを引き起こすような心の闇は感じられない。

そもそも、百枝さなえちゃんが最後に目撃された片白江東公園から、誰にも目撃されずに十キロ離れた自宅まで連れ去るのは難しい。

あの名札は、何か別の理由があって持っていたに違いない。あんなものは片白江南小学校の名札に学年と名前を書いただけのものだ。誰にでも作ることができる。何も、百枝さなえオリジナルだという証拠はない――、というのは少し難のある考えだろうか。

「……じゃあ、橘くん」

僕が黙考していると、澤田先生が鼻息を荒くして、シリンダーを握っていた。

「ああ、はい。いいですよ」

「やった」

澤田先生はシリンダーの針で僕の手首を刺し、すぐに抜いた。チクッとした感触の後に、ぷくりと赤いドームが膨《ふく》れ上《あ》がる。

「それでは、いただきます！」

澤田先生が僕の手首に吸い付く。

月に一度の提供ではシリンダーにいれて持ち帰るのだが、突発的に血液を欲しがるときは、こうして直《じか》飲みするのだった。量的には、飲むというよりは、舐めるに近いのだが。手首を舐められながら、もしかして、と思った。

この先生をはじめ、人は見かけによらない。

各々《おのおの》にプライベートというものを持っており、そこは何者にもおかされたくない部分だ。誰にでもある。

しかしそのプライベートも、多くの共感が得られるものとそうでないものがある。澤田先生のような趣味は、多くの人には受け入れられないだろう。

水次月に限って犯罪はないだろう――それも、表の水次月の様子しか知らない僕の評価だ。彼女が家で何をして、何を考えているかなんて知らない。僕が、皆が、知らない水次月が存在することは確かなのだろう。

彼女が本当は何者かなんて知るすべはないのだ。

無理やり聞き出そうとしても、嫌悪感を持たれるだけだ。そこに意味はない。

それなら、あの名札に関しては口を噤むのが正しいのだろう。

アザミとは違う。

水次月と僕は、所詮《しょせん》は他人なのだった。


「あら、こんなところで出会うなんて奇遇ね」

一日を終え、帰宅しようと玄関へ向かうと、下駄箱《げたばこ》に寄りかかっている水次月が目に入った。瞬間、心臓が大きく跳ね、血流が加速するのを感じる。

水次月さんは帰る準備はすんでいるのか、右手に鞄を提げていた。

「ずいぶんと作為的な奇遇だな」

「むしろ運命ね」

運命の偽造だった。可愛いは作れても運命は作れない。

僕が外履きをはこうとすると、水次さんも同様にする。

「……僕に何か用だった？」

「私、よく考えたんだけれど、今朝のこと、悪かったなって」

「おお、反省したのか」

「一ピコほど」

聞きなれない単位だった。大小の判別がつかないが、きっととてつもなく大きいのだろう。(後で調べたら一兆分の一だった)

「謝りたくて。お茶くらいごちそうしたいんだけれど」

「あー、いいよ。気にしてないし、遅刻した僕が悪かったから」

僕が振り払うように玄関へ歩みを進めると、ぴったりと横にくっついてきた。

「それでも、ほら、こんなになってるし。こんなに。こんなに。こ、ん、な、に」

そう言って僕の頭の包帯をぐいぐいと引っ張った。そのたびに傷口が締め付けられ、傷が痛んだ。……本当に反省してんだろうな。

「ほんと、大したことないから」

「…………」

ピタリと、水次月が行動を停止した。目を伏せ、差し出そうとしていたその手を下げ、指先を力なく垂らすその姿は、どこか諦念《ていねん》を感じさせた。

「……水次さん?」

初めて見た。水次さんが感情を発露させる場面を今まで見たことがなかった。

少しの間そうしてから、水次さんは再起動する。

「でも、やっぱり、悪いから」

その声音は、既にいつもの水次さんのものだった。しかし、さきほどの水次さんの様子が頭から離れず、僕はお言葉に甘える形となった。

とはいっても、本当に大した怪我ではないし、なにより僕は病院に行かなくてはいけないので、喫茶店ではなく、ジュースを一本おごってもらうだけにした。

水次さんは徒歩登校なので、僕はそれに合わせて自転車を引いて歩く。自販機を見つけやすいように大通りを歩く。すぐに自販機は見つかった。水次さんは前に立ち、指をうろうろさせながら僕に尋《たず》ねる。

「何がいいの？」

「あー……じゃあお茶で」

「分かったわ」

そう言ってお茶を三本買って手渡してくる。……こんなにいらないのだが。

「ちょっとあのベンチに座りましょう」

自販機の裏手に公園がある。片白江東公園。それは偶然にも百枝さなえちゃんが最後に目撃された場所であった。人影はなかった。

公園のベンチに並んで座ると、水次さんが鞄から何やら一つの包みを取り出した。弁当箱のようだ。

「これ、どうぞ」

中身を開けると、弁当が詰まっていた。玉子焼き、タコ足ウインナー、焼き鮭《じゃけ》、プチトマト、ブロッコリー、ふりかけご飯と、弁当の常連だ。いつももやし炒めしか食べていない僕は思わず喉を鳴らした。

そういえば水次月の弁当は、澤田先生から八十点という高得点をもらっていた。まあ、だからこそ、採血事件の被害者になってしまったわけだけれど。

血が沸き立つ。

「これいいの⁉」

「どうぞ」

しかし、箸《はし》が見当たらない。どうやって食べようか考えていたときに、水次の手に箸が握られているのに気が付いた。水次が箸でご飯を取る。

「あーん」

「あの、水次さん?」

「あーん」

「僕は頭を怪我しただけで、自分で弁当くらい食べられるんだけど」

「あーん」

壊れたレコードになっている水次さんを復旧させるにはそれに応じるしかなさそうだった。とりあえず餌付《えづ》けされておく。咀嚼して飲み込む頃には次の「あーん」が待機していた。これは、何というか、恥ずかしい。

そうして、すべて「あーん」で完食した。

もしかして僕は今、高校生として物凄《ものすご》い経験をしてしまったんじゃないだろうか。

弁当箱をしまう彼女に、ようやく尋ねる。

「あのー……なんで弁当？」

「お詫《わ》びの気持ち」

「水次さんは昼飯どうしたの？」

「食べたわよ。それから昼休みに家庭科室で作ったの」

「材料はどうしたの？」

「家庭科室の冷蔵庫を物色」

「マジか」

「マジよ」

水次さんって何でもできるんだな。

「水次さんってすごいよね」

「何が？」

「勉強できたり、運動できたり、基本的になんでもできるでしょ?」

「……すごくはないと思う」

どこか、落ち込んだ様子だった。

照れからの否定ではなく、それは本心に聞こえた。

「勉強が私よりできる人なんてたくさんいるし、運動だってそう。その両方共に、私より優れている人だって、たくさんいる。全然すごくないわよ。私より価値のある人間は、たくさんいるわ」

「そうなったら、僕の存在はミジンコ以下になってしまうんだけど」

「だいたい皆、ミジンコ以下よ」

「まあ、そう言ってしまったらそれまでだけどさ」

少し、自分や世界に厳しすぎるんじゃないだろうか。

「それじゃ、そろそろ行こうか。弁当、ありがとね」

ベンチから立ち上がると、視界がぐらついた。

「……あ、れ?」

頭痛。内側からずきずきと痛み、僕の意識を侵食していった。

「み、つぎ」

自身の異変に気が付く。水次月はただ僕を観察するように見つめている。三を伸ばしても、彼女は反応しない。

「ミジンコ以下じゃないのは、愛を知っている人だけよ」

「み、つ……」

水月が口元に愉悦を浮かべる。細めた瞳の奥には獲物を見つけたかのように喜びが灯っていた。

足に力が入らなくなり、膝が折れる。視界が縁《ふち》から黒く塗りつぶされていく。やがて僕の意識は暗い奈落《ならく》へ吸い込まれていった。


ええ、お願いします。まっすぐ行って、コンビニ近くのマンションまで。

お兄ちゃん、大丈夫？　すぐ家に着くからね。そしたら、お薬あるから。

大丈夫です。兄は持病持ちで……。今日たまたま薬、持ってきてなかったみたいなんです。家に帰って薬さえ飲めばすぐにでも、はい。

タオルでこうして頭冷やす方が――、はい、そうです。

はい、ここで。

では三千円で、はい。おつりはいらないです。

いえ、大丈夫です。一人で。兄も少しは力が入りますから。それでは、ありがとうございました。

ほら、お兄ちゃん、着いたよ。せーのっ。はい、上手だよ。そのまま歩いてね。

……。……。……。

ただいま。

うん。え……？　新しい人だよ。

……。……。

じゃあ、また後でね、橘くん。

3

学校で、しおりちゃんにカードをあげた。最近学校で人気のアイドルカードゲームだ。お小遣いを全部使い、レアなカードを当てた。それをしおりちゃんにプレゼントすることにした。

「これあげる」

「えっ、いいの？」

「うん。愛してるから」

「ありがとう！」

愛することは分からないけれど、でも、愛してみることにした。

しおりちゃんが喜ぶと、私も嬉しい。

たぶん、愛することにとても近いと思う。

「しおりちゃん、何欲しい？」

「えー？　新しいパジャマかな」

「分かった！」

お小遣いでしおりちゃんの欲しいものを買ってあげる。お小遣いがすぐになくなったので、お母さんには秘密で、お父さんの仕事の手伝いをして稼いだ。

愛してる。

愛してる。

私は今、人を愛している。

＊＊＊

朦朧とした意識が浮上する。明らかに睡眠から目覚めるのではない不快感、痛み。肩が痛い。意識がより鮮明になる。

「…………」

部屋だ。六畳《じょう》ほどの一般的なフローリング。家具と思われるものは何もない――、いや、正確に言えば、僕が縛り付けられている椅子以外には、何もなかった。

僕は椅子に座らされた状態で手を後ろに回され、手錠がされていた。手錠の鎖《くさり》が椅子の背もたれの部分をくぐらせてあり、椅子から離れられないように工夫してあった。それだけではなく、両足それぞれが椅子の脚部分に手錠でつながれている。椅子の脚には、足置きのような部分があり、その内側につながれてしまっているために、解くことができない。あとは背もたれに密着させるように、僕の腰に鎖が巻かれていて、椅子から離れられないようになっていた。

上半身を前のめりにして、鎖がつながれている部分に負荷をかける。しかし、腰に巻かれた鎖が邪魔で、思ったように動けない。続いて足を開こうと力をこめるが、足首に鎖が食い込むだけだった。

「くそっ！」

手足をめちゃくちゃに動かし、限界まで暴《あば》れるが、現状が変わる様子はなかった。乱れた呼吸を整える。

監禁《かんきん》。

その事実は、僕を焦らせはしたが、冷静さを失わせるまでには至らなかった。アザミと日常をともにしているだけのことはある。

まずは情報の整理。

僕は放課後、水次さんと帰っていた。今朝のことのお詫びにと、飲み物を買ってもらい、昼休みに作ったという弁当をいただいた。

ふと、頭痛がして、体に力が入らなくなった。あの弁当に何か盛られていたのだろう。

意識は急激に薄くなって——どうなったのだろうか。

何か乗り物に乗ってここまで来た気がする。

タクシーだ。

「…………」

否定のしようがない。

僕は、水次月に誘拐され、そして監禁されている。

——誘拐。百枝さなえちゃん。

あの事件の犯人は、水次月なのだろうか。

何にせよ、まずは脱出だ。

手錠のきつさを確かめる。割と緩い。きっとこれが限界なのだろう、安物の手錠だ。絶食していけば抜けるかもしれない。

しかし、そうしたところで、腰と足の鎖は取れない。何かちょっとした工具でもあれば、鎖の溶接点を歪《ゆが》めることができる。そうしたら案外簡単にちぎれるが、部屋を見渡す限り何もない。

何とかして手に入れるしかない。

この部屋の外は、どうなっているのだろうか？　水次月の住処《すみか》であるのならば、ペンチくらいはあるはずだ。しかし、この状態でどうやって外のペンチを取ればいいのだろうか。

「…………」

手詰まりである。もう一度暴れてみるが、何もできそうになかった。今はエネルギー消費を抑えていた方がいいのかもしれない。

ぼうっとしていると、浮かんでくるのはやはり水次のことだった。

彼女が誘拐犯——違うと思いたいが、それだと僕を誘拐し、監禁している現状が説明できない。

僕が監禁されている理由。それはおそらく、僕が百枝さなえの名札を見たからだ。それ以外に何も思い当たらない。そもそも僕と水次さんはそこまで接点のあるような関係ではないのだ。

名札をとっさにノートに挟んで返したが、それが逆に不自然だったのかもしれない。そこから僕が、百枝さなえの誘拐を知っていると、水次さんは確信した。

口止め。それが目的だろう。

どうして。

そもそも、優等生の水次月が誘拐なんて真似《まね》をしたのだろうか。家庭環境も恵まれているようだし、友人だっている。将来も期待されていて、何も不自由していないように思う。

誘拐をしなくてはいけない理由なんて、何もないのではないか。

分からない。

向こう側の事件――。

もしかして、と思う。

紐鏡事件の犯人は水次月ということもあるのではないか。

ふと、ドアノブが回った。

ドアが内側に引かれ、現れたのは、水次月、のように見えた。

思わず目を凝《こ》らしてしまう。

水次月がにっこりと微笑んで、僕を見ていたのである。背筋が冷たくなり、冷や汗が噴き出る。水次月という人間性と笑顔。その二つの組み合わせは、僕の心を大きく傾かせた。

「橘くん、おはよう。目が覚めたのね」

「……ああ」

声も、確かに水次月のものだ。しかし、その声はいつものように透明ではなく、色がついていた。ピンク、もしくは、赤。

「いろいろ聞きたいこともあると思うけど、そろそろ晩御飯だから先に食べよ。何が食べたい？」

いつもと違った砕《くだ》けた口調。血の通った表情。アンドロイドとは程遠い印象だ。

「……今何時なんだ？」

「もう八時だよ」

「僕はいらない。腹が減っていない」

何を盛られるか分かったものではない。

「え、一緒に食べようよ。そのために、私たちも待ってたんだから」

「たち……？」

水次月の背後から、一人、子供が現れる。

呼吸が止まり、息を飲む。

予感は、現実となった。

彼女の背後に隠れるようにして顔を出したのは、ニュースで見覚えのある顔――百枝さなえちゃんだった。怯えた様子だ。ニュースで見たよりやせ細っているようにも見える。

まだ生きていたことが幸いだった。

「水次、いい加減にしろ。なんで誘拐なんかしているんだ。そんな小さい子まで」

僕の発言に目を見開き、さきほどまでの包容力のある笑顔は霧消《むしょう》する。いつもの能面を張りつけたような水次月がそこにはいた。視線を斜め下に落とす。

「……言っても分からないわ」

「言ってみなきゃ分からないだろ」

無視し、問いかけてくる。

「ねえ、名札のこと、誰かに言った？」

「…………」

その一言で確信する。

やはり、僕を殺す気か。

名札は決定的な証拠だったのだ。

そこから水次が誘拐犯であるということは容易に想像がつく。たどれてしまう。僕が誰かに名札のことを喋っていたら、そいつも殺す気なのだろう。

しらばっくれてみようかとも思ったがやめておく。ここで僕が答えなかったら鷺森先生や、僕の友人たちが危険な目にあうのではないか。

僕が喋ったと思われる人間を、片《かた》っ端《ぱし》から誘拐し始めるんじゃないか。

何を考えているか分からない。それなら、警戒しておくにこしたことはない。

「誰にも言ってない」

「本当?」

「ああ。お前が誘拐犯だなんて思ってもいなかった。名札はどこかで拾って、今日の放課後にでも警察に届けるのかと……。何にせよ、このまま忘れようと思っていた」

「……そう」

水次月は逡巡し、何かしらの結論を出したらしかった。

「さなえ。この部屋にいて」

そう言うと、水次月の後ろにいた少女がとことこと部屋の中に入ってくる。逆らう様子はない。

「晩御飯の準備をしてくる」

水次がこの部屋から去ろうとする。まだ話は終わっていない。

「待てよ」

「……何?」

確証なんてない。

これは、そうであってほしいという願いから発せられた言葉だった。

「お前、なんだろ」

「何が」

「紐鏡事件」

水次月が首を傾げた。

「違うわよ。あんな醜《みにく》い事件には興味もないわ」

「…………」

「それより、晩御飯にするからね。ちょっと待ってて」

ドアを閉めて去っていった。声をかけても反応はない。言葉を信じるならば、台所で晩飯を作っているのだろう。

水次月が紐鏡事件の犯人だと思いたかった。

誘拐も殺人も、きっと近しいところにあるのだろう。凶悪犯罪者は一人いれば十分だ。しかし、事実は違うようだった。誘拐犯であることが明らかになった今、彼女が紐鏡事件の犯人だったならば、隠す必要はない。それなのに否定した。

つまり、水次月と紐鏡事件はまったくの無関係だった。

「お兄さん、大丈夫?」

百枝さなえが、恐る恐る僕に近づき、顔を覗き込んできた。さなえちゃんは小奇麗にしていた。服はもらっているのだろう。それどころか風呂《ふろ》にも入っているのかもしれない。ある程度の自由が許されているようだった。

手元でジャラリと鎖が鳴る。

それなのに、どうして僕は監禁なのだろうか。

おそらく僕が男であり、力が強いからだろう。さなえちゃんは子供だ。いざとなったら力でねじ伏せることはできる。

もしくは、精神を完全に掌握しているのかもしれない。この部屋から脱出しようとする心を折っている。この部屋からは出られないと確信させれば、人は簡単に言うことをきく。


「僕は大丈夫だ。さなえちゃんは？」

「私の名前、どうして知ってるんですか？」

「さんざんニュースになってるからね」

「そうですか……」

さなえちゃんは僕の隣に腰を下ろし、うなだれる。

顔つきや視線には子供らしからぬ冷めた感情が宿っていた。まあ、この状態で子供っぽく無邪気でいろという方が難しいだろう。

さなえちゃんが静かにため息をついた。

彼女の瞳には光が宿っていない。その虚《うつ》ろさに心が締め付けられた。

その時だった。

ちらりと、さなえちゃんの背中がTシャツの首元から覗いた。

アザ。

まるで入れ墨《ずみ》のように刻まれている、黄色いアザが背中にあった。サイズからいって、背中にびっしりとあるのだろう。きっと、背中だけではない。全身にあるはずだ。

拳に力がこもる。どうしようもないこの感情の逃げ場を探していた。

被害者というのは、その後も生きていかなくてはいけない。

採血事件の被害者も、どうにかあの日の記憶を克服し、乗り越えなくてはいけないのだ。

しかし、そんな日は来るのだろうか。

一人で歩いているところを急に襲われ、スタンガンで身動きできなくされる。犯人が注射器を取り出し――。

その記憶がフラッシュバックせずに、生きていくことはできるのだろうか。

「…………」

忘れられるのか？

さなえちゃんはこの事件をいつか忘れて、何事もなかったかのように、他の子供と同様に、普通に育っていくのだろうか？

僕はそうならないと思う。

犯罪は被害者の人生、その一生を変えてしまうような傷を残す。

だから僕は嫌悪しているのだ。

採血事件も、今回の誘拐も、――紐鏡事件も。

そこで気が付く。

僕は、やはり許せないのではないか。

アザミを受け入れると言いつつも、彼女が本当に殺人犯だったら我慢ができないのではないか。

そのショックに耐えられないのではないか。

アザミを軽蔑《けいべつ》するのではないか。

その可能性がすんなりと受け入れられてしまった。

だからこそ僕は、アザミに、紐鏡事件の犯人かどうか聞けないでいるのだ。

「さなえちゃん。大丈夫？　何もされてない？」

「ええ、大丈夫です。私は平気ですから。お兄さんの方がピンチですよ」

縛られ、身動きできない僕の状態を上から下まで眺める。

「どうして君は自由になっている？」

「逆らったことないですから、信用しているんでしょう」

逆らったことがないのに、このアザの量。水次は日常的にさなえちゃんに暴力を振るっているのかもしれない。

「水次を、何としてでも止めよう」

「……歯向かうんですか？」

さなえちゃんは不安げに瞳を潤ませた。

「ううん。君を危険な目にはあわせられないから、真っ向勝負を挑むようなことはしないよ。逃げるんだ」

「逃げる？　この状態から……？」

「そうだよ。僕は工具と君の協力さえあればこの拘束を解ける。ペンチか何か、持ってこれないかな？」

さなえちゃんの目にはまだ迷いがあったが、やがて頷いた。

「……できると思う」

それなら話は早い。

「じゃあ水次の隙を見て、ペンチを持ってきて――」

ドアノブが回る音に体が跳ねる。ドアが開き、水次がやってきた。彼女は黄色いエプロンをつけていて、料理が載ったプレートを持っていた。

「はい、晩御飯できたよー」

目の前にプレートが置かれる。

生姜《しょうが》焼き、白米、味噌汁《みそしる》、サラダ。

こんな状態だと分かっているのに、涎《よだれ》が出てしまう。どんな時でも腹は減るものだ。しかし、この料理には手をつけるわけにはいかない。また何か仕込まれているかもしれない。

さなえちゃんにも注意しようかと思ったが、既に遅かった。がっついている。

「やっぱりお姉ちゃんの作る料理はおいしいね！」

「そう？　ありがとう」

一見微笑ましいやり取りもある。

「じゃあ橘くんも食べましょうか」

「いや、僕は食べない」

「あーん」

またこれか。まあ、手錠がされているんだから、食べさせてもらうしかないのだけれど。

唇に生姜焼きを押し付けられる。肉のにおいで口を開きたい欲望に駆られるが、何とか我慢する。

「ダメよ、ちゃんと食べないと。橘くん、いつももやし炒めしか食べてないし」

「もやしは栄養豊富なんだよ」

それに安い。

「栄養が偏《かたよ》るでしょ。ほら、あーん」

それでも口を閉じていると、鼻をつままれる。呼吸ができずに口を少し開けたところに生姜焼きをねじ込まれた。顎を強引に上下させられる。浴びせかけられるように水を顔にかけられる。一瞬パニックになり、喉が動いて飲み込んでしまった。

吐き出そうとも思ったが、両手が使えない今、その方法もなかった。

第二弾が来る。

「あーん」

「……おい、水次」

「何かしら?」

「両手を自由にしてくれ、自分で食べる」

「だめよ、逃げるかもしれないじゃない」

「腰と足にも鎖があるだろ。逃げられない」

「だめよ、はい、あーん」

こいつ、もう食べさせたいだけじゃないのか?

口を閉じていても無理やりこじ開けられるのならば、素直に食べよう。

僕が彼女に餌付けされていると、既に完食していたさなえちゃんが立ち上がった。

「テレビ観てくる」

「ちゃんと明るくして観るのよ」

さなえちゃんは頷き、小走りで部屋を去っていった。出ていく際、一瞬僕の方を見る。

おそらく、ペンチを探しに行ってくれたのだろう。

さなえちゃんが探す時間を稼ぐためにできるだけ時間をかけて食べ、三十分ほどで完食した。

「ごちそうさま」

「礼儀正しいのね」

「一応いただいたものだし」

「そう。いい子ね。橘くんはこれからずっとここで暮らすのだし、素直になってくれると私も嬉しいわ」

ずっとここで？

殺さずに、ずっとここで生かしておくつもりなのだろうか。

生き地獄だ……。

水次が食器を片づけ、部屋を出ていくのと入れ違いでさなえちゃんが戻ってきた。

「洗い物しちゃうから、二人で仲良くしててね」

「はーい」

ドアが閉まると、さなえちゃんだお尻《しり》の方から何かを取り出す。

「じゃん」

悪戯《いたずら》っぽく笑って取り出したのは、ペンチだった。

「よくやった」

褒めると、子供らしいくしゃっとした笑顔を浮かべた。その表情を見て少し安心した。

「よし、じゃあ今すぐ脱出する」

彼女が寝静まってからの方がいいとも思ったが、何をするかも分からない。それに万が一ここに泊まることになったとき、アザミがどうなるかも分からなかった。

「鎖、どう取ったらいいの？」

さなえちゃんがペンチを両手で開いて僕に聞く。彼女の力だと、手では難しいかもしれない。足で壊すか。

僕を拘束しているものは、手錠、腰の鎖、足の鎖だ。手錠から壊せれば一番てっとり早いのだが、手順的に最後になりそうだ。

「僕の足に巻いてある鎖から壊そう。鎖の接合部分を挟んで、そこを潰すんだ。手だと力が足りないだろうから、床に置いて、足で踏んでみて」

僕の足の間にペンチのグリップを挟んで固定し、さなえちゃんが体重を乗せる。ググッ、と軋むような音がして、静かに鎖は割れた。

「おお、すごい」

溶接部分は歪みを与えればすぐに壊れる。

「そこをねじ開けて、鎖を取ってくれ」

「分かった」

手先が器用なのか、割れた隙間にペンチを差し込み、今度は開く力を利用してこじ開けていく。やがて鎖が通るほどの大きさになる。

あっさりと足の鎖はとれた。

ここまで三分もかかっていない。かなり手際が良い。

これならいける。

「ありがとう。次は僕の手にペンチを持たせて」

ペンチを受け取り、そのまま腰の鎖を探す。なかなか挟めないでいると、さなえちゃんが接合部を噛ませるところまでやってくれた。力を込めると、鎖が壊れる。さなえちゃんにペンチを返し、割れた部分を広げてもらい、腰の鎖も取った。

残りは手錠だ。

手錠にも鎖がかけられており、椅子と繋《つな》がれている。椅子のまま倒れ、またさなえちゃんに足で壊してもらうしかない。

「さなえちゃん、僕が倒れるから……」

説明をしようとすると、彼女がペンチを放り出して、部屋のドアに向かって歩き出す。

「え？」

なんだ？

うろついているわけではなく、ただ真っすぐにドアを目指している。ドアの前で立ち止まって、振り返る。そこに浮かべている表情を見て背筋が凍《こお》った。

人間に思えなかった。

アザミと同じような絶対的な異質さを感じた。

そこで僕は、今までのことで何か致命的な勘違いをしていたことを直感的に知った。

「ごめんね、お兄さん」

「……さなえちゃん？」

彼女がドアを開け放ち、叫ぶ。

「お姉ちゃん！　この人、逃げようとしてる！」

「え!?」

事態が飲み込めなかった。

まずい状況だということだけは分かる。

椅子から立ち上がろうとするが、鎖が邪魔をする。そのまま引きちぎろうとするが、そうする前に水次月が現れた。包丁を洗っていたところなのか、右手には包丁が握られていた。

僕をひと目見て、表情が消える。

「橘くん……」

体の温度が下がる。

「み、水次、もう止めろ」

水次月が床に落ちているペンチを拾い、しげしげと眺めた。

「こんなもの、どこに隠し持っていたのかしら」

「…………」

百枝さなえは僕らを傍観している。

罪悪感を抱いている様子も、僕がペンチの出どころを言ってしまうかもという不安も、感じられなかった。ただ、観察している。

水次月がしゃがみ、椅子に座っている僕を見上げた。

「ねえ、橘くん。私は橘くんに害を与えるつもりはないの」

「じゃあこの拘束は何だ」

「それは橘くんが逃げようとするから」

「当然だ。何をされるかも分からない状況で自由を奪われたら、誰でも逃げようとする」

「でも、あなたを自由にして逃げられると、私は悲しい」

「お前が悲しかろうが僕には関係ない」

「あなたはさなえのことを知っている。ここでこうするしかないの」

「僕が誰かに言うからか?」

「そう。……だけど、それだけじゃないの」

それだけではない……?

何か理由があるのか?

さっきのさなえちゃんの裏切りの理由と関係あるのだろうか。

「それなら言ってみろよ。誘拐の理由を」

水次月が視線を落として考え込む。

数秒して、つぶやく。

「私は、あなたを殺すしかないのかしら」

「……何、を……」

殺す、と言ったのか?

水次が立ち上がり、乾いた瞳で僕を見下ろす。右手に握られた包丁が何かを求めるように光った。

今まで死ぬかもしれないと思ったことは何度もある。しかし、慣れはない。いつでもそれは恐ろしいもので、膝が震え、指先から温度が消えていった。

「さなえ、部屋から出てて」

「うん」

百枝さなえは、僕らには無関心で、もはやこちらを見向きもしなかった。

——殺される。

バリン、と何かが割れる音がどこからか響いた。水次とさなえちゃんが動きを止める。

この部屋の外——しかし遠くはない。

一定のリズムを刻む足音。何かが近づいてきている。

ギイ、と部屋のドアが軋んだ音を出した。誰も触れていないのにドアがゆっくりと開く。

誰かがいる。

ドアの隙間から、ひょっこりと顔を出した、人。

「ハロー、終」

そこにいたのは、乙黒アザミだった。部屋に入ってきて、後ろ手にドアを閉めた。途端、水を打ったような静寂が訪れた。

4

ある日、放課後、しおりちゃんに呼び出された。

「気持ち悪いよ」

「え?」

気持ち悪いらしい。

「愛してるって何? いつも言うけど」

「私は、しおりちゃんのことを愛してるから……だから」

「気持ち悪い。……もうやめて。つきちゃん」

それから二度と、しおりちゃんと話すことはなかった。

＊＊＊

……来てしまったのか。

アザミが笑顔で僕を見る。

今朝のことだ。寂しがる彼女に対し、僕が出した折衷《せっちゅう》案は、僕のスマホを常に通話状態にしておくことだった。アザミの持っているスマホと繋いでおけば、盗聴器の代わりになる。

水次月はタクシーで、行き先を言ったはずだ。それをアザミは聞いていたことになる。

アザミが来ることは半ば予想できていた。

採血事件の時の様子を見る限り、僕のことを心配している。もしかしたら自分の姿をさらしてでも助けに来るのではないかと思っていた。

しかしこれは僕の弱みだ。

アザミのことを誰かに知られるのは危うい。

できれば彼女が来る前に脱出したかった。

「あなた、誰？」

水次月が、焦ったようにアザミに包丁を向ける。

アザミは淡々と水次に近づく。水次が「止まって」と言いながら後ずさるが、アザミは止まらない。

二人の距離は、手を伸ばせば届くほどになった。

水次の包丁を持つ手が震えていた。アザミの圧におされている。

「この……！」

水次が包丁を振り上げる。

アザミがその手首を掴み、振り回すようにして包丁を奪い取った。水次の腹に蹴《け》りを入れる。水次は倒れ込み、せき込んだ。

「アザミ……」

僕の声を聞くと、糸に引かれたようにこちらを向き、微笑んだ。

「すぐ終わらせるから」

アザミはそう言って百枝さなえに近づく。

「ひっ！」

さなえちゃんは腰を抜かし、その場に座り込んでしまっている。

「おい、アザミ。もう終わった。その子は誘拐された被害者だ」

震えている。見ていて痛々しい。被害者にトラウマを植え付ける必要はない。

アザミはさなえちゃんをにらみつけたまま答える。

「被害者？　違うよ」

「え……？」

さなえちゃんが立ち上がり、ドアに向けて走る。アザミは彼女に足をかけて転ばせ、馬乗りになった。さなえちゃんが床に頭を打ち付けた。

「おい！　やめろ！」

「終には後で説明する。まずはこいつの始末」

アザミが止まらない。

だめだ。このままではさなえちゃんが殺される。

やりたくはなかったが、仕方がない。

人差し指で親指を押し込む。すぐに関節は動かなくなるが、そのまま力を込め続ける。

「あ、がっ」

人差し指だけではなく中指薬指も使い、勢いをつけて握り締めた。

ボギン、という音が体中に響《ひび》き渡り、背筋が粟立った。強引に手を引っ張る。ガリガリと皮膚を削り血がにじむ。骨折した親指の付け根を押さえつけ、手を抜き取った。

アザミが包丁を振り上げる。

「やめろ！」

僕の声を気に留める様子もない。彼女が包丁を振り下ろした。

皮膚を切り裂き、肉をえぐる音。

「ぐっ」

包丁は僕の左手のひらを貫《つらぬ》いていた。間一髪、間に合った。神経に触れたのか、肘《ひじ》のあたりまで電流が走ったような痛みにさらされる。

本気だ。

僕の手がなかったら、この包丁は百枝さなえの首に穴を穿《うが》っていた。そうじゃないと、ここまで深く刺さらない。

その事実が僕を絶望へと導いた。

どこかでこれがハッタリだと思っていた。殺すというパフォーマンスが必要なのだと納得していた。

しかし、違う。

アザミは迷うことなく人を殺せてしまう。

「終、どうして……」

アザミが目を見開き、包丁から手を放す。

まるで僕が裏切ったかのように、彼女は涙目で、訴えるように僕を見た。

「なんで……」

アザミが僕に何か言おうとしたその時、目の前からアザミが消えた。

水次がアザミに飛びかかった。

水次月とアザミがもみ合って、手の組み合いになっている。アザミが頭突きをし、肘でこめかみをうった。もう一度頭突きをし、ふらついた水次を転がす。

「さなえに手を出さないで！」

水次月は悲痛な叫びを上げながら立ち上がりアザミに向かおうとする。アザミは水次を見下《みお》ろし、口元にかすかな笑みを浮かべ、右手に持っている包丁を逆手《さかて》に持ち変えた。

「いい加減にしろ！　……もう十分だろ」

両手を広げ、間に立ちはだかると、水次月が睨んでくる。アザミは構えていた両腕を下ろした。誰もが動きを止めた。

左手のひらから血がしたたる。

「その子、やっぱり乙黒アザミでしょう」

水次が睨んだまま問いかけてくる。ここで嘘をついても仕方がない。

「……そうだ」

「どうしてここにいるのかしら？　橘くんと知り合いなの？」

「アザミは、僕の双子の妹だ。僕の姓も正式には乙黒だけれど、訳あって伯父さんの苗字を使わせてもらっている」

水次月が息を飲むのが分かった。

「双子って、あなた、じゃあ……橘くん、もしかして……」

「ああ」

水次月の視線が鋭くなるのが分かった。しかしそれは侮蔑《ぶべつ》ではなく驚きだったらしく、すぐに元の表情に戻る。

「まあ、構わないけど……。それで、乙黒アザミは殺人容疑で捕まって、今は逃亡中のはずだけれど」

振り返ると、アザミは気まずそうに僕を見つめていた。何とかごまかしてくれ、そういうことだろうか。

この場をきれいに収める必要がある。

共存していかなくてはいけない。

もうそういう段階だろう。

「アザミは、僕の家で一緒に暮らしている」

水次月が眉《まゆ》をひそめた。

「匿ってる、と?」

「そうだ」

「ちょっと、終……」

不安げな声をあげるアザミを右手を上げて制止する。

「これは、僕の最大の秘密だ」

「…………」

「水次さんにこのことをバラされたら、僕は生きていけない。それくらいの致命的な秘密だ」

「そうね」

「その子の存在も、水次さんにとっては致命的だ」

「……そうね」

「だからどうだ。お互い秘密にしないか?」

水次月はそれに答えず、部屋の壁にもたれて膝を抱《かか》え、傍観していたさなえに近づいていく。手を差し伸べ、さなえを立たせた。

「さなえ、それでいい？」

「うん、いいよ……。お兄さんは信じられそう」

え……？

世界が裏返るような衝撃だった。

僕は何か重大な勘違いをしていたんじゃないか？

なぜ、さなえに許可をとる？

水次月が誘拐犯で、主導権を持っているんだろう？

アザミが近づいてきて、僕に耳打ちした。

「終、それじゃだめだよ」

「なんで？」

「あいつに出し抜かれる」

「あいつって……」

「百枝さなえ」

どういうことだ？

百枝さなえは、誘拐された小学生。あくまで被害者だ。

「終、違うんだよ。この事件は誘拐事件のように発表されていたけど、そうじゃない」

「え？　それって……」

「百枝さなえの顔がニュースで流れてすぐにこの子供が元凶だと分かった」

元凶。

どうしてそんなことが分かる——。

そういえば中学の頃、アザミはとあるクラスメイトを見て「人殺してるよ」と言ったことがあった。その人物は実際、その地域で起きていた失踪《しっそう》事件の犯人であった。

通ずるのだろう。

何か、僕には、僕たちには分からない感覚で。

「水次月が誘拐したんじゃないよ。百枝さなえが水次月に——寄生しているんだよ」

「……寄生」

「百枝さなえは、自分が誘拐されるように仕組んだ。都合が悪くなったら水次月を捨てて次の宿主を見つけるだけ。その時に私たちのこともバラされる。いい？　終。こういう人とはかかわりを持っちゃいけないの。それだけで人生が終わってしまう」

「待て、待ってくれ」

さなえちゃんが、自分が誘拐されるように仕組んだって？

じゃあ、水次月は何なんだ？

「百枝さなえは、水次月の心を利用してるの」

「…………」

確かに、最初に持っていた違和感。

水次月が罪を犯すはずがない――。もし彼女が利用されたのだとしたら、その違和感は正しかったことになる。

待て。それでも、相手は小学生だぞ。小学生が、高校生を騙《だま》せるのか？

「終、話の様子だと、百枝さなえの名札を朝、拾ったんでしょ？」

「ああ……」

「水次月が、自分の鞄にそんなものを入れておくと思う？」

「それって、どういう……」

確かに、誰かに見られる恐れがある鞄の中に、百枝さなえの名札を入れておくのは危険行為だ。それを犯人自ら行う理由がない。

入れた、のか。

百枝さなえが自分の名札を、水次月の鞄に仕込んでおいた。

「でも、アザミ。何のためにそんなことをするんだ？」

「試したんだよ」

「試す？」

「誰かが名札に気が付いたときに、自分を捨てるのかどうかを」

誘拐がバレそうになったときに、どう動くのか。それを見ていた。

宿主としてふさわしいかどうかを、試していた。

さなえに視線を向けると、僕を無感情な瞳で見つめていた。

ゾッとする。

もしそれくらいの計算高さがあるならば、高校生を利用することくらいできるのかもしれない。

そして何より、水次月は分かりやすいほどに実直だ。騙されやすい。

「終、もう関わるのをやめた方がいい」

「でも、アザミ……」

アザがあったんだ。

「百枝さなえの背中にはアザがあった。水次月から暴力を受けているのは間違いない。誘拐したのは水次月で、やっぱりさなえちゃんは被害者だよ」

「……そのアザ、何色だった？」

「黄色がかっていたけど」

「黄色いアザは治りかけ。二週間くらい前のものだよ」

「……治りかけ？」

百枝さなえが行方不明になったのは数日前だ。つまり、さなえちゃんがここに来てからは、暴力は受けていない。

水次月からの暴行はない。

それは安堵《あんど》すべき事実だったが、しかし、問題が解決したわけではない。根本的な引っかかりが解決していない。

それでも百枝さなえは、二週間前に暴力を受けていたんだ。

それは誘拐される前、つまり、家で——。

「終、詮索《せんさく》はだめ」

「…………分かった」

腑《ふ》に落ちない点も多い。

しかし、アザミがここまで言う相手だ。おとなしく従おう。

彼女の危険に対する嗅覚《きゅうかく》は相当なものだ。

「……水次」

水次月と百枝さなえが会話を中断してこちらを向いた。

「確認するぞ。僕たちは君らのことを誰にも言わない。君らは僕たちのことを誰にも言わない。僕らは、共存関係だ」

「分かった」

水次月がさなえちゃんに目くばせし、さなえちゃんが返事をした。

「……なあ、水次。教えてくれ」

「何？」

彼女は、いつもの学校で見るような冷徹な表情に戻っていた。

「君はその子に利用されていることに気付いていているだろ」

宿主にされ、名札を入れることで資質を試されて。

「ええ」

迷いがない。

それならばなおさら気になる。

「どうしてだ？　どうしてそれを許している？　それでいいのか？」

そこにどんな利害関係があるんだ。

どういう気持ちで彼女は百枝さなえを手元に置いているんだ。

「さなえを愛しているから」

再び即答だった。どうしてそんなくだらないことを聞くのかと目で訴えてくる。

愛している。

「私はさなえの全てを受け入れてるの」

「受け入れて……」

ああ。

二人はこれでいいのだろう。

利用するとかされるとか、そういう話ではない。

お互いが全て分かって、承知しているのだ。

相手を理解し、その心の底まで受け入れ合っている。

「そうか……」

アザミが僕の服のすそを引っ張った。

「それじゃあ、僕らは行くぞ」

「あ、橘くん」

そう呼び止め、「ちょっと待って」と待機させた。部屋の奥へと消え、戻ってきたときには消毒液と包帯が握られていた。僕の左手のひらからはまだ血が流れている。

「ありがとう」

「……ねえ」

「ん?」

「橘くんは、幸せ?」

何かを願うように、僕の言葉を待っている。

幸せ。

それが何であるかは知っている。そして一般的なそれを失ってしまったこともはっきりと自覚していた。

それでも、幸せが一つであるとは思わない。

「幸せだよ」

「……そう」

「それじゃあ。また明日、学校で」

「ええ、また明日」

水次月と百枝さなえは手をつなぎ、僕らを部屋から見送ってくれた。

たぶん彼女たちとはまた会うことがあるだろうと思った。

＊＊＊

橘くんと乙黒アザミが家から出て、玄関の扉が閉まる音が聞こえた。

「……お姉ちゃん」

さなえが私の手をぎゅっと握り、私の顔色をうかがうように見上げてきた。

「怖かったね。でも、もう大丈夫よ」

しゃがみ、さなえを抱きしめる。背中のアザには当たらないように、肩を抱きしめた。

「さなえ、愛してるわ」

この子は、私が守らないと。

心臓の奥の方からじんわりとあたたかいものが広がり、全身を巡り、私の隅々《すみずみ》までを満たしていく。

これが、誰かを愛すること。

愛するという気持ち。

私はようやく手に入れたのだ。

誰かを愛する尊さ、その素晴らしさ。

ただ愛されることでは分からない、誰かを愛する、愛したいという能動的感情。

橘くんも愛してあげたかったけど、さなえがいればそれでいい。

「お姉ちゃん、私を連れてきたこと、後悔してる？」

「そんなこと、少しもないわ」

さなえが公園で一人で遊んでいるのを前から知っていた。話したことはないが、ここは帰りに通るし、いつも一人で遊んでいる小学生がいれば、何となく顔も覚える。目が合ったことも何度もあった。

さなえが虐待にあっているのを知ったのは、偶然だった。

私が放課後、公園の近くを通ると、ちょうどさなえがブランコから落ちて転んだところだった。背中に大きなアザが見えていて、なかなか起き上がらなかった。

私は近づき、彼女に手を貸すと、自分のことを訥々《とつとつ》と話し始めた。

虐待に遭っていること。

家に居場所がないこと。

夢って何？　と尋ねた。たぶんそれを聞いたのは、彼女の一番の願いを知りたかったからだと思う。

『私、夢なんてないよ。怖いよ。将来が、怖い』

それを聞いて、私は彼女を連れて帰ることを決めた。

愛したい。

この子になら、何も気にせずに安心して愛を注ぐことができる。

「その、名札のこと、ごめんなさい」

「いいのよ。不安だったんでしょう？」

さなえは俯いて、小さく頷く。

「お姉ちゃんがどうしてここまでしてくれるのか、分からなくて」

「え？」

「私がいると、お金も手間もかかる。それに、お姉ちゃんが犯罪者になっちゃう。でも私は何も返せない。それなのに、どうしてこんなにしてくれるのか、分からなくて……。何かあるんじゃないかって、それで……」

「…………」

さなえの手を両手で包み込む。

「愛してるからよ」

「愛……？」

「そう、愛しているの」

さなえに伝わるだろうか。

きっと、まだ伝わらないだろう。

でも、いつか知ることになる。愛するというこの気持ちのすばらしさを。

「さなえ、幸せ？」

「うん」

さなえは笑顔で頷く。

「それなら、さなえ、この家から絶対に出ちゃだめよ」

「なんで？」

そんなの、決まっている。

「……あなたを愛しているから」

＊＊＊

マンションの防犯カメラに写らないように、階段から降りる。

「アザミ、ここに来るまでに誰にも見られなかったのか？」

「たぶんね。隠れながら来たし」

「もし誰かに見られてたらだいぶ怪しいな」

服も男ものでオーバーサイズだし、ひと目見たら忘れないだろう。

階段を下りながら手のひらに包帯を巻き付ける。先に止血処理をしておくべきだったが、手のひらの止血処理の仕方など知らない。今は包帯で巻いて圧迫するだけでいいだろう。

この傷、思ったより深かった。

アザミは何事もなかったかのように、後ろで手を組んで階段を下りていく。

「…………」

確実に、殺そうとしていた。

僕が止めていなかったら、百枝さなえは死んでいた。何の迷いもなく、制止も聞かず、表情をぴくりとも変化させずに、殺そうとしていた。

殺人というのは一種のラインだ。

多くの人が、誰かを殺したいと思ったことがあるだろう。しかし、思うのと実行するのには大きな差がある。自分が誰かを殺している場面を生々しく想像してみれば、たいてい嫌気が差すだろう。

しかし、アザミはそうではない。

彼女は何の感慨もなく人を殺せる。人間の生暖かい首に包丁を刺し込める。

それが僕とアザミの決定的な違いだ。

殺人は――殺人だけは、どうしても受け入れられない。

人が死んでいくその瞬間を、今でも昨日のことのように思い出せる。

僕は泣きじゃくっていて、アザミに助けを求めた。

そのときのアザミの――ばらされていく人間を興味深そうに観察する、暗い穴のような瞳。

僕はアザミを受け入れると誓った。長い時間をかけて、そのうち理解すればいいと思った。

だが、今日の一件で気付いてしまった。彼女が殺人犯だった場合――受け入れることができるか怪しい。

受け入れると決めたからといって、受け入れられるわけじゃない。

しかし、そうではない。

僕とアザミは長いこと一緒にいる。それでも理解し合えていない。

本当の意味で受け入れ合えてはいない。

水次月と百枝さなえの関係。それは歪んだもので、きっと誰にも祝福されない、理解されないものだろう。しかし、二人だけは分かり合っている。

その関係に僕はどこか憧《あこが》れを覚えていた。

僕たちもそうあるべきではないか。

誰にも理解されなくてもいい。それでも僕とアザミの間には、本当の意味の理解が必要なんじゃないか。

「ねえ、アザミ」

「んー？　なあに？」

聞くしかないのだ。

そして、その事実を本当の意味で僕は受け入れなくてはいけない。

「紐鏡事件ってさ」

「うん」

空気が張り詰めるのが分かった。

震える手を握り締める。

「あれやったのって、アザミ？」

聞いた。

聞いてしまった。

もう後には引けない。

僕より二段下にいたアザミは足を止め、こちらを振り返る。

照れたように、困ったように……笑っていた。

アザミは何も聞かれなかったかのようにそのまま階段を下りていく。

このままにしてしまいたい気持ちが湧き出てきた。

何事もなかったかのように、真実は知らずに過ごしていく。

でも、それじゃあだめだ。

僕はアザミを理解したい。

彼女を理解しないと、きっとこれから先――、アザミを信用できなくなる瞬間が来る。

「なあ、アザミ」

引き留めると、アザミは素直に応じた。

動きを止めて、振り返らずにこう言った。

「そうだよ」

首だけでこちらを向いて、僕の動きを視線で止める。

「私だよ」

◆三章　秘密の傷跡

1

僕が誘拐されてから数日、スペシャルなことは何もなく、日常が戻ってきた。

ただ殺人鬼を匿っているだけの日常だ。

「…………」

『私だよ』

それ以上僕は何も聞くことはできなかった。

頭が考えることを拒否している。それ以来この話題に触れることなく僕は日常を演じることにした。

しかし、そんな日々が長く続くはずもなかった。夜勤のバイトを終え、泥のように眠っているとチャイムが鳴った。チャイムが鳴ったことが分かっているがなかなか体が目覚めない。やっとのことで目を開けると目の前にアザミがいた。

「おはよう」

「おはよう、終」

「とりあえずその手に持っている電子レンジを下ろそうか……」

電子レンジを頭の上に掲《かか》げられたのって、人類で僕が初めてじゃないか？　人類初。歴史になったなぁ、と感慨にふけっていると、アザミにせかされる。

「チャイムが鳴ったよ」

「ああ、そうだった」

起きた格好のまま適当に顔を洗ってからすり足になって玄関へと赴く。ドアスコープをこっそりと覗くと、真っ暗だった。いよいよ壊れたか、と思っていると、人の顔がどアップになり、そのままスッと引き、全身が見える。

ドアスコープを、向こうも覗いていたのか。

板一枚挟んでこんなに顔を近づけてしまうとは、相手が美人じゃなかったらショックで学校を三日休むところだった。

「…………」

肩ほどで髪を切りそろえた、ワンピース姿の女子が立っていた。歳《とし》は僕とそう変わらないだろう。

何かの営業のように思えた。宗教勧誘だろうか？　引いてしまうような美人だった。

しかし。

ただならぬ雰囲気。

普通、向こうからドアスコープを覗くだろうか？

そのまますり足で一度部屋に戻り、アザミに手でサインを出す。危険な相手かもしれないからすぐに逃げられるようにしておけ、のサインだ。アザミが頷いたのを確認して、玄関に戻る。

「はーい、どちら様ですか」

玄関を開けずに声をかける。

「営業ですー」

明るい声。

「間に合ってます」

「間に合ってないようでしたからこうして来たんですよー」

「……何の営業ですか？」

「私の営業ですー」

ふざけているのか？

「美人は間に合ってます」

「キャー、美人だなんて」

「満足したら帰ってもらえますか」

「そういうわけにはいきません。私が美人だと分かるということはあなたはドアスコープを覗きましたね？」

「………」

なんだこいつ。

「実は私も覗いていたんですよ。中の様子は見えませんが、明るさの変化くらいは分かります。一度暗くなり、また明るくなってからあなたの声が聞こえてきました。つまり、あなたは一度ドアスコープを覗き、私の姿を確認してから何故《なぜ》か部屋に戻り、また玄関に来た」

こめかみを汗が伝うのが分かった。

焦《あせ》ることはない。

ハッタリだ。僕がドアスコープを覗いたとき、彼女はドアスコープから目をはなした。

「なんで部屋に戻ったんですかね？　あなた、一人暮らしですよね？」

僕が一人暮らしだと知っている。僕のことを知っている人間か？

「橘……いや、乙黒終さん」

本名まで知られている。

僕の本名を知る人間は少ない。僕の出身地の人間と、僕の親戚《しんせき》、片白江高校の教師——そして、警察。

「どうして僕のことを知っているんですか？」

「だってあなた、有名人ですからね」

「…………」

「おっと、ごめんなさい。この手の話をするには近所の目が気になりますか？」

「僕を殺しにでも来たんですか？」

「そんなそんな。ただお話しに来たんですよ。乙黒アザミについて」

「……誰ですか、あなたは」

「私は探偵です。そのまま探偵と呼んでくれればいいです」

探偵か。こんな子供みたいな探偵がいるとは思えないが、もしこの言葉が本当だとしても、警察でないだけマシだろう。探偵は己の足のみで活動している。大した捜査能力もない。

「二時間後、喫茶店ＤｅＬにてお待ちしております」

「行きませんよ」

「いいえ、あなたは来るしかない。お待ちしております。何せあなたは平成の殺人鬼の——」

平成の殺人鬼。

その言葉に応えるように、様々な記憶があふれ出してくる。

アザミ。

彼女は紐鏡事件の犯人だ。

それを認めた。

僕はそれを受け入れたふりをして……偽りの日常を送っている。

到底、受け入れられないというのに。

僕がまだ、殺人と距離のある人間だったらよかったのかもしれない。

殺人が身近にないし、見たこともない。それだったら、殺人という行為はいっそファンタジーとして受け入れられたのかもしれなかった。

しかし僕は殺人を知りすぎている。

自らの内に、その行為がどういったものなのか、生々しく宿っている。

僕とアザミの始まり。

それは平成の殺人鬼――僕の父にある。

＊＊＊

中学二年で転校する羽目になった。ついでに苗字も乙黒から橋と名乗るように指示された。

「じゃあ、俺が呼ぶから、そしたら入って自己紹介をしてくれ」

精悍な顔つきの男性教師がそう僕らに言って教室の中に入っていく。今日は転校生がいます、と僕らの説明をしているようだった。

「緊張するね」

隣に立っていたアザミが笑顔でそう言った。

僕はそれにこたえず、一瞥するだけにとどめた。

担任教師がドアの隙間から顔を出し、手招きした。ドアの先端が鋭かったら、このままドアを閉めたらこの男は死ぬんだろうな、と思った。

「出番だぞ」

「はい！」

アザミが声を裏返らせて返事をした。

「行くよ」

そう僕に声をかけ、先に教室の中に入っていく。ドアをくぐると、いくつもの目玉が僕らを追いかけてきた。男子生徒の声が聞こえる。女が可愛い。そう言っていた。

アザミと僕は似ていない。

異性一卵性双生児。それなのに、どうしてこうも顔が違うのだろうか。アザミははかなげな美人で、しかし常に笑顔を絶やさない。前の学校でも友達が多かった。僕はぼうっとしているとよく言われる。空気みたいな存在感と言われたこともある。

一クラスしかなく、僕らは同じクラスになった。

「初めまして、橘アザミです――」

好きな食べ物、好きなスポーツ、趣味、好みのタイプ、そんな話を続けていく。よくこんなにベラベラと喋れるものだ。そんなに喋って、他者と情報を交換して、楽しいのだろうか。きっと楽しいのだろう。

僕も前の学校では、それなりに友達はいた。

いつもアザミにくっついていたから、おこぼれのようなものだったけれど、それでもアザミではなく僕を選んでくれる友達もいたのだ。前の学校では何をしても楽しかったし、世界が輝いて見えた。

しかし、今はすべてが灰色に見え、すえた臭いしかしない。

父が逮捕され、母が。

母が。

「終」

アザミに肩を叩かれて、意識が帰還する。彼女の自己紹介は終わり、今度は僕の順番らしかった。

「おえっ」

意識は戻ったが、吐き気が抑えられず、その場で嘔吐してしまった。前列に座っている子が悲鳴をあげ、クラスが騒然とした。僕はポケットからティッシュを取り出し口元をふく。

「橘終です。よろしくお願いします。……………………以上です」

好きな食べ物も好きなスポーツも趣味も好みのタイプもあったはずだが、すべてどこかに連れ去られて殺されてしまったような気がした。

自己紹介を終えてから淡々と自分の吐瀉物《としゃぶつ》の掃除をし、それが終わる頃に担任が僕らを席に着くように促《うなが》した。

僕とアザミは前後の席で、彼女はさっそく隣の男子と話し、仲良くなっていた。男子はどぎまぎしていて、高揚しているのが分かった。

アザミは、父が逮捕されても何も変わらなかった。

「よろしくね、終くん」

隣の席の女子が声をかけてきた。

手入れがされた艶《つや》のあるストレートヘア、生徒手帳に載っている項目をそのままうつしたような身だしなみ。顔立ちも綺麗《きれい》で、どこかのお嬢様のような雰囲気が漂っていた。

「ああ、よろしく」

「私は加奈茂佐芙《かなしげさふ》。これからしばらく隣ね」

「そうだね」

「自己紹介もそうだったけど、随分そっけないのね」

「どうにも寝不足でね。今日の学校が楽しみ過ぎて昨夜は眠れなかったんだよ」

「嘔吐もそのせいってわけね」

「そうだよ」

「嘘つき」

加奈茂さんはそう言って笑った。

今日のところは教科書がなかったため、加奈茂さんにすべてを見せてもらった。昼休みには僕らの周りに人が集まったが、僕がそっけなく対応していると、皆、アザミにだけ質問を投げかけるようになっていった。

放課後、アザミと帰路につく頃になってようやく気持ちが落ち着く。新しい集団に入るというのはどうにも疲れる。ただ授業を受けただけなのに、徹夜したような気分だ。

家は学校から歩いて二十分ほどの場所だった。田園風景が続いていて、引っ越す前とは正反対の文明度合いだった。こういうのは嫌いではない。しかし、どこか恐ろしい気がした。

都会は、いつでも人の目がある。

しかしここでは、ない。

この街では今、父を思わせる事件が起こっていた。

連続失踪事件。先月に四人行方不明になった。被害者に共通点はなく、中年サラリーマンだったり、中学生だったりと、バラバラだ。

平成の殺人鬼の模倣犯だと噂されていた。

そんな土地に引っ越してしまうなんて、凶運にも程がある。

「終、だめでしょ。もっとハキハキと喋らないと」

「うん」

「自己紹介も私と一緒に考えたやつがあったのに、どうして言わないの？」

「うん」

アザミのダメ出しを聞き流していると、彼女が「あ」と言って立ち止まった。

「あっ」

僕も思わず声をあげる。道路の真ん中に猫の死体が転がっていた。道路の脇《わき》に向けて血が流れている。目も一つ飛び出し、内臓も飛び出てしまっていた。

「うっ」

先日の光景が頭にのぼってきて、吐きそうになる。口をおさえて、なんとか飲み込んだ。

　だめだ、死体は。

　このまま死体が人の目にさらされるのは猫もかわいそうだ。埋めてあげようか。

「死んでるね」

　アザミがつぶやいた。

「そうだね、埋めてあげようか」

　彼女は猫を見つめて、――馬鹿にしたように鼻で笑った。それを見て、背筋が粟立つ。

「恥ずかしいね」

「え？」

「あんなに、見えちゃって」

「…………」

　クラスの皆だって、僕らが乙黒了《りょう》の子供であり、目の前で母が惨殺されたことを知れば、僕の方が普通だと気が付くだろう。快活なアザミの方がおかしいのだ。

　僕が道路脇の土を掘り起こし、そこに猫を埋めていると、その様子を傍観していたアザミが口を開いた。

　また猫に関してよく分からないコメントをするのかと思ったが、違った。

　むしろ、彼女が吐いたのは、それよりもずっと僕にとってはゾッとするような言葉だった。

「そういえば、加奈茂さんっていたでしょ?」

「ああ、僕の隣の席の……」

アザミはどこか楽しげに、宝物のありかを口にするように言った。

「あの子、人殺してるよ」

2

探偵。

そう名乗る人物が家に来たのは、終わりが近いことを物語っていた。

僕とアザミの生活。

一般人と殺人鬼の生活。

長く続くわけがない。偽りの延命だ。

もう潮時なのかもしれない。

しかし、思えば潮時は何度もあった。

それを継《つ》ぎ接《は》ぎして、今がある。

今回も何とか乗り越えるべき課題だ。

喫茶店ＤｅＬは、僕の家から歩いて十分ほどの場所にある個人経営のおしゃれな店だった。雑誌で特集されておしゃれなＯＬや大学生が詰めかけてきそうな場所だった。幸い、まだどこの雑誌も取り上げていないのか、いつ窓から覗いても客が入っているのを見たことがない。

ちなみに僕は利用したことがない。喫茶店はおしゃれ料なるものを取り入れていて、料理の値段が倍するのだ。自宅で作れそうなワンプレート料理が千五百円とか平気でする。もやし炒めが主食の僕は、千五百円あったら二週間生きていける。

しかし、呼び出されたのがそこだから行くしかない。

二千円を握りしめて喫茶店ＤｅＬの扉を開けると、探偵が僕を見て手を振ってきた。マスターが僕を案内しようとするが、それを会釈でかわし、探偵の目の前に座った。

「ほら、やっぱり来たじゃないですか」

「美人の誘いはやっぱり受けておくべきかと思いまして」

「私、そんなに美人ですか？」

「そうですね、美人過ぎて性格が悪そうに見えますよ」

「どういたしまして」

自称探偵はずいぶんとおしゃべりらしい。

食えない雰囲気が漂っていて、こちらが正論を返したとしても、通常ではない方法で真実に迫ってきそうな怪しげな空気をまとっていた。

難しそうだ、と直感した。

マスターが料理を運んできた。僕が来る前に探偵が頼んだものだろう。

「…………」

イカスミスパゲティだった。そして飲み物はコーラ。

「黒いものが好きなんだね」

「だからでしょうか、よく腹黒だって言われます」

話していても、彼女が何者なのかまるで思い浮かばない。

過去に僕と接点があったようにも思えなかった。

では、いったい僕の情報をどこで手に入れた？

どうして僕を疑った？

「それで探偵さん。あなたはいったい何者なんですかね」

「よくぞ聞いてくれました」

「最初から聞いてる」

僕の言葉を無視して、何かのタイトルコールのようにポーズをつけて言った。

「片白江の高校生探偵、その名は神楽果礎《かぐらかそ》」

高校生探偵。

そんな存在は公に認められていない。

やはりここは適当に理由をつけて帰った方がいいだろうか。そう思っていると、彼女が生徒手帳を机の上に広げた。片白江高等学校一年、神楽果礎。

僕の一つ下の後輩。

「帰るね、探偵は嫌いなんで」

「待ってくださいよ。ただお話がしたいだけなんです」

興味はない。

僕が席を立ったところで、神楽が口を開いた。

「乙黒アザミを逮捕したのは私の姉です」

「……なに？」

アザミを逮捕したのが、こいつの姉？

「現場に残っていた手鏡についていた指紋と、乙黒アザミの指紋が一致しました。それを主な物的証拠として逮捕に至りました。すべて私の姉が行ったものです」

そこまでの内容は知っている。

とりあえず席に着く。彼女の話は聞く価値がありそうだ。

神楽果礎の姉がアザミを逮捕したならば、詳しい話も聞けるはずだ。

「取り逃がしたのも私の姉です」

「大失態だね」

「まったくです。姉は警察でも無能の烙印《らくいん》を押され、退職しようかと思っているそうです。心が弱いですねぇ」

そう笑って彼女はイカスミスパゲティに手を付ける。慣れた手つきでフォークに巻き付け、ほとんど咀嚼せずに飲み込んだ。イカスミが唇について黒くこすれたようになっている。

「なんでも、アザミを逮捕し車に乗せたところで、なんとパトカーのタイヤがパンクしていたらしいんですよ。すべて。その点検中に逃げられたとか。警察官は四人いて、そのうち二人が手錠をして拘束していたにもかかわらず、です」

嘲笑《ちょうしょう》気味に視線を落とした。

まあこんなもの、姉のフォローでしかありませんが。と付け加える。

「私は別に終さんを問い詰めに来たわけじゃありません。乙黒アザミを捕らえ、姉の尻拭いをしようかと。乙黒アザミはこの片白江市内にいる。それなのに見つけられない。私たちは何か勘違いしているのかもしれない。今一度乙黒アザミについての情報を集め、彼女の居場所について考え直そうと思っているんです。その手伝いを終さんにはしてほしい」

神楽果礎。この子は注意しておいた方がよさそうだ。話に付き合い、うまくアザミの居場所をごまかせればいい。それができなくとも警察の情報が摑めるかもしれない。ここは話しておこう。

「いいですよ、協力します」

が、心許《こころもと》ないことがひとつ。

金だ。

「飯を奢《おご》ってくれれば」

彼女が意外そうに目を見開いた。

「最初から奢りのつもりですよ。私が呼び出したんですし」

「ほんとに⁉」

「ええ、はい……」

詰め寄りすぎたか、引かれてしまった。とりあえずマスターを呼び、ランチセットを三つ頼む。食べられるだけ詰め込もう。

「年下に奢らせるのに何の遠慮もありませんね」

「生きてくにあたってつまらないプライドは捨てた」

「ちょっと拾ってきた方がいいですよ」

さあ、随分と前に捨ててきてしまったもので。今はどこにあるのかも分からない。

「それじゃあさっそくですが、まずはあなたの父、乙黒了と、彼が犯した殺人について」

「……何か聞くことある？」

「いいえ、整理みたいなものですよ。あなたたちの情報は、全部姉から聞いているので」

情報管理が甘いぞ、警察。

そんなんだから殺人鬼を取り逃がすんだ。そう神楽果礎の姉に言ってやりたかった。

「乙黒了の殺人について、かいつまんで話してください」

「……分かったよ」

全く気乗りしないが、彼女との会話を続けるためだ。必要だ。

「…………」

最悪な記憶たち。

僕が中学二年にあがったばかりの頃、父が逮捕された。

女子高校生の連続失踪事件は、日本人なら誰もが耳にしたことがある話だ。週刊誌なんかでは国の陰謀だとか、集団催眠だとか、真《まこと》しやかにささやかれていたけれど、真実のところは誰にも分からなかった。

ただ、月に一人女子高校生が消える。

さかのぼれば十年以上も続いている。地域は関東ばかりだった。

遺体はどれも見つからず、必ず失踪扱いとなる。だからこそ単なる家出という線が濃厚とも言われているし、多くの人はこれを信じているだろう。女子高校生の家出が関東地区では月に一人……。実際はもっと多くいるだろう。しかし、家出の理由が見つからず、そして二度と帰ってこない家出が月に一人となると、珍しい。

珍しいというか、事件だ。

一部の人たちは口々にこう言っていた。

誰かが殺しているのではないか。

もしそうだとしたら、それは平成を代表する殺人鬼だろう。

そしてその予想は的中し、連続失踪事件は、乙黒了の逮捕により解決をみた。

乙黒了が遺体を運ぶ現場を、肝試しをしていた大学生がたまたま見つけた。そして警察に通報したのだ。乙黒了が運んでいたとされる女子高校生は、月に一人のターゲットに選ばれたのだと噂になっていた。その生徒は品行方正で皆に好かれていて、家庭環境も良かった。家出をする生徒のようには思えなかったのだ。

乙黒了が逮捕されてから、少女の不可思議な家出はほぼ聞かなくなった。

乙黒了は犯行をすべて否認し、結局、殺人で起訴はできなかった。過去の事件はいつどこでやったのかも分からなかったし、きっかけとなった高校生の遺体についても人形だと言い逃れていた。遺体が実際に見つからなかったことが大きく、証拠不十分であった。無理やりに罪を作ってなんとか数年刑務所に入れておくのが限界だった。人々の怒りははかり知れなかった。

刑期を終えて出てきた父は、殺害された。紐鏡事件の第一被害者は、平成の殺人鬼であった。

中には、乙黒了が犯人ではなく、真犯人に騙されているのではないかと述べた人もいる。しかしそれは事実ではない。

犯行が目撃された日、父は夜中に僕らを起こした。

父さんはもう一緒にいられなくなった。お前たちにしてやれることはもうあまりない。だから最後に一番大事なことを教える。

そう言って、寝ていた母を、――消してしまった。

「おっと大丈夫ですか」

僕が口を押さえてテーブルに突っ伏すと、神楽が心配そうに立ち上がった。僕はそれを右手で制止し、吐き気がおさまるのを待った。

ランチメニューのステーキが運ばれてきたが、食べ物ではなく、ただの肉塊にしか見えなくなってしまっていた。

「乙黒了はどんな人間でしたか？」

「一般的には良い父だったと思います」

父は教師だった。誰からも好かれる、熱意のある教師だったと聞いている。

「分からないんです。父は殺人犯だった。だけど、確かに良い父でした」

どちらが本当の父だったのか分からない。

そして今では確かめようもない。

「今では確かめようがないですね」

僕が思ったことを神楽が口にする。

父はもうこの世にはいない。

父が死んで、特に感慨はなかった。もう会わないだろうと思っていたし、僕の中では既に死んだも同然だったからだ。

問題があるとすれば、アザミが父を殺したことになっているという点だろう。

「なぜ乙黒アザミは父殺しをしたんでしょう？」

「……さあ」

「何か乙黒了を恨むようなことが？」

「なかったかと」

嘘ではない。

本当に、僕はアザミが父を殺すようには思えなかったのだ。

「そうですか」

神楽はあっさりと引いて、話を母に関してのことに移した。

「それで、乙黒了逮捕直前に行方不明になっている乙黒喜代《きよ》――あなたのお母さんはいったいどこに行ってしまったんでしょうか」

「母は………」

我慢しきれずに胃液を吐き出してしまった。

「ちょ、ちょっと、終さん」

さすがに神楽も焦ったようで、マスターを呼び、ペーパータオルをもらっていた。

「すいません」

僕がペーパータオルを受け取り、テーブルや床をふいていると、容赦なく神楽が切り込んできた。

「お母さんに対してトラウマでもあるんですか？」

「いいえ。ただ、五分に一度吐きそうになる奇病なんですよ。五回に一回本当に吐きます」

「迷惑な奇病ですね」

トラウマの数は人生の奥深さだと誰かが言っていた。

「もし乙黒喜代が生きているのなら、乙黒アザミと一緒にいるのだと私は思っています」

「しかし、母は失踪して三年が経ちます」

「失踪して二十年経って生きて見つかる人もいます。諦めないでください」

母はいない。消えてしまったのだ。

「何か、心当たりはありませんか？」

「いえ、ないですね。母はただの明るい快活な女性でした。失踪する理由もないかと」

両親はオシドリ夫婦であった。父は仕事も熱心にするが、母を一番に大事にしていた。子供よりも、まず母。母は父の自慢をいつも僕らにしていた。

「……なるほど。では乙黒喜代からたどるのは難しそうですね」

「そうですね」

神楽が顎に手を当てて俯いた。

「では、素直に乙黒アザミをたどることにしましょう。こういったやり取りは既に事情聴取に来た警察官としていると思いますが、もう一度だけ」

頷くと、彼女がメモ帳を出し、それを覗きながら質問した。

「乙黒アザミについて、様子がおかしいと思ったことはありますか?」

「ありませんよ」

おかしいではなく、僕と違うだけだ。

「では、乙黒了が逮捕された後、転校した先の中学で乙黒アザミが問題を起こしたとき、どんな様子でしたか?」

「……あれは」

仕方がなかったのだ。

どうしようもなかった。

＊＊＊

昼休みになると、アザミは友達に囲まれて攫われるようにどこかへ消えていってしまった。僕は裏でゲロだか何だか、そういったあだ名をささやかれて避けられているようなので一人だった。

屋上へ続く階段を上ると、誰もいない踊り場に行ける。屋上への扉は鍵がかかっているために開けられないが、僕にとってはこの人気のない踊り場だけで十分だった。たとえ扉が開いたとしてもここにいるだろう。眩《まぶ》しい場所は嫌いだった。

スマホをいじって適当に時間を潰す。

窓越しに、渡り廊下を歩いているアザミが見えた。女子と男子が入り混じった集団の一人になっているようだ。

前の中学でもそうだったが、男女混合のグループというのは総じてスクールカーストが高い。アザミはこの学校に来てすぐにクラスの中心人物になってしまっていた。

学校で良い子にしているのは大切だ。引き取ってくれた伯父さん夫婦に迷惑がかかるのだけはごめんだ。

そうしたら僕らは本格的に居場所を失ってしまう。

誰が好んで人殺しの子供を育てようと言うのか。しかも十三歳まではその人殺しに直々に育てられているのだ。別に殺人鬼としての知識のようなものは教わっていないけれど、歪んだ教育を施されたと見られても仕方がないだろう。

父はそれだけのことをした。

授業開始五分前のチャイムが鳴ったので教室に戻る。誰の視線もかすめずに自分の席に着く。次の授業は数学だ。机の中から教科書を取り出そうと手を突っ込むと、くしゃ、と紙のようなものに手があたる感触があった。

何か入れていただろうか？

手探りでそれを摑み、引っ張り出す。

「……？」

地図のようだった。

観楊市《かんようし》、と書いてあることから、この地域の地図だということが分かる。一応周りの視線を気にしつつ、地図を広げてみる。

別段変わったところがない普通の地図だ――、と思ったら、見つけた。

ボールペンか何かでぐしゃぐしゃと、穴が開くほどに塗りつぶされている箇所がある。

四ヵ所だ。

それぞれの点は近からず遠からずといった感じで、特に何か特徴があるようには見えなかった。

放課後になり、帰宅途中にアザミにこの地図の話をした。僕とアザミは、学校では会話ができないほどにスクールカーストに差ができてしまっていた。僕とアザミが双子ということを大半のクラスメイトは忘れているんじゃないだろうか。

「地図？」

アザミが小首をかしげる。僕は鞄から地図を取り出し広げてみた。

「この地図。僕は入れた覚えがないし、きっと誰かが間違って入れてしまったんだろうけど……。心当たりある？」

できれば元の持ち主に返したい。しかし、僕が返すと何かと角が立つだろう。アザミから返してもらった方がよいと思ったのだった。

アザミは「んー」と顎に手を当てて考えていたが、何かを見つけたのか、急に表情が険《けわ》しくなった。

「終、この黒く塗りつぶされているところは？」

「さあ？　持ち主にとっては大事な場所なんじゃない？」

アザミの目が、暗い穴のようになった。

僕はこの目を知っている。

いつもは隠されている、アザミの内側の目だ。

「ちょっとここ、まわってみようか」

「今から？」

「今から」

スマホで時間を確認すると、五時をまわっていた。

「明日にしない？　今日は遅くなるよ」

それぞれをまわっていたら、二時間ほどは経ってしまうだろう。

「家には私が連絡を入れておくね」

「……分かった」

結局行くことになった。アザミが何かしたいと言ったら、誰が止めようが、彼女はやるまで止まらない。

軽くため息をついて、彼女のスキップを追っていった。

結果から言えば、何もなかった。

それは最初の点に到着したときから何となく予感していた。

一つ目のポイントは斎藤《さいとう》さん家《ち》、二つ目のポイントは坂下《さかした》さん家、三つ目のポイントは西尾《にしお》さん家、四つ目のポイントは星野《ほしの》さん家だった。すべて人の家だ。しかも僕らとは関係のない、知らない人間だ。

きっとこの地図の持ち主の友人の家か何かなのだろう。今時アナログの地図を使うのは珍しいが、まあ、ないことはない。一周まわってアナログが使いやすいという人間もいるだろう。

最後のポイントである星野家の近くで、アザミは地図を凝視したまま動かない。僕は学校の疲れも相まって、早く家に帰りたくなっていた。時間も七時を過ぎている。

「ねえ、アザミ。満足しただろ？　帰ろう」

アザミは地図を見つめたまま、視線を動かさない。

「………まだ、一ヵ所、行きたい場所があるの」

「どこ？　もう全部まわったじゃないか」

「終、これ見て」

アザミが地図を地面に置き、落ちている小石を拾った。その小石で四点を繋げると、一つの形が浮かび上がった。

「矢印……」

綺麗な矢印だ。先端から延びる二本の線がきちんと等距離になっている。

「でも、アザミ。たまたまじゃないのか？」

こういう線の引き方以外にも、様々な場合が想定できる。矢印にしたのは、アザミの意図だ。

「なあ、アザミ。この地図にどうしてそんなにこだわるんだよ。大した意味はないって。

明日誰も取りに来なかったら処分するよ」

アザミが僕を一瞥する。

「終、気が付いてないの？」

「え？」

アザミが歩き始める。おそらく、矢印の先にある神社だろう。ここからそう距離は離れていない。歩いて五分ほどだ。

「この四点、どれも失踪事件の被害者の家だよ」

「え……」

失踪事件の被害者。

そういえばニュースで、西尾やら星野やらという名前を言っていたような気もする。

「じゃあ、この矢印の先には何があるの？」

「それを確かめに行くんだよ」

3

「転校、しましたよね？」

僕が黙っていると、神楽が確認してくる。

「あなたは中学時代に二回転校した。一回目は父が逮捕されて、二回目はアザミが問題を起こして。それからアザミは施設に預けられ、あなたは別の親戚の家に行くことになりました」

「ええ、そうですね」

こんな分かり切ったことを確認してきて、何のつもりだ。

「その時に乙黒アザミが起こした問題。覚えていますよね」

「ええ、まあ……覚えていますが……」

とりあえず俯いて口を押さえておいた。明らかに神楽が動揺したのが分かる。

「ああ、いいです。無理に話さなくとも。ただの確認ですから」

「……どうも」

過去など何も振り返りたくない。

そこに後悔はない。

ただ、どうしようもなかったことが積み重なっているだけだ。

振り返ったとしても何も得られやしない。

「それで、問題の後、あなたたちはバラバラになりましたね。寂しくはなかったんですか？」

「どうでしょうか。アザミとはその後もしょっちゅう会っていたので」

「あら、仲良しなんですね」

「まあ、たった一人の家族ですから」

「随分と大事に思っているんですね」

ええ、まあ。とうなずいていくと、しばらくの空白がうまれる。もう話すこともないのだろう。

父は平成の殺人鬼だった。中学の時に二回転校し、僕らはバラバラになった。僕は高校進学と共に家を出て一人暮らしをしている。アザミは紐鏡事件の犯人として逮捕された。父は紐鏡事件の第一被害者として死に、母は失踪扱いとなっている。

それがすべてだ。

そして、現在に繋がる。

「話はだいたいこんなもんじゃないですか?」

「そうですねー」

荷物をまとめているのか、何やら鞄をいじっていた。これで終わりか。案外大したことないのかもしれない。放っておいてもアザミにたどり着くことはないだろう。

では、と席を立とうとしたとき、神楽果礎が鞄から一枚の写真を取り出し、テーブルの上に置いた。

思わず顔をしかめてしまう。写真は僕の家の裏手を撮影したものだった。

胸がざわめき、頭が震えた。

「最後に、終さん。この写真のことなんですが」

ここ、と神楽が指さした。写真の隅《すみ》の方、ブレた人影のようなものが写っている。僕にはそれが誰なのかはっきりと分かった。

「野草を写真に収めるのが趣味でして。ちょうど終さんの家の裏の雑草を撮っていたときに、窓から人が出てきたんですよね。顔は見えませんでしたが、かろうじてこんな写真は撮れました」

神楽果礎。

こいつ、最初からすべて分かっていたんじゃないのか？

神楽は僕の反応を見て、余裕の笑みを浮かべた。

＊＊＊

地図上の矢印は、観楊神社を指し示していた。もしかしたらもう少し先の部分なのかもしれないが、矢印の延長線上でそれなりに近く、目立った建造物は神社だけであった。

夏で日が長いといえども、あたりはすでに暗闇《くらやみ》に包まれている。神社に近づくほど蟲《むし》の声がうるさくなり、アザミとの会話も自然と減っていった。

神社へ至る長い階段を上る。湿度が高く、まとわりつくような暑さが汗を引き出す。

やっとのことで階段を上り切ると、人影があった。

夜中とも言えないこの時間、ランニングをしている人間がいたとしてもおかしくない。しかし、そうではないとすぐに分かった。その人物は僕らを迎えるように突っ立ったままだったからだ。全身が暗がりで見えなかったが、近づくにつれてその姿があらわになった。

「……加奈茂さん」

そこに立っていたのは、加奈茂佐芙だった。僕の隣の席の女子だ。制服姿のまま、大きなスコップを地面に突き刺し、それに体重をかけるようにして立っている。

アザミの目が鋭い。警戒している。

「こんばんは」

「こんなところで何をしているの？」

「あなたこそ」

加奈茂佐芙は人を殺している。

本気か冗談か分からないが、アザミがそう言っていたのを思い出した。

「僕はアザミのゲームみたいなものに付き合っていたらここに行きついたんだ」

「そう。じゃあここにたどり着いたのは終くんではなく、アザミさんなのね」

それから加奈茂さんは僕からアザミへと視線をずらした。まるで僕にはもう興味がないと言わんばかりに、体の向きも変える。

「アザミさん、あなた、くぐったの？」

その言葉に、目に見えて分かるほどアザミが動揺したのが分かった。

くぐった？　何の話だ？

「…………」

「黙っているということはくぐったのね。羨《うらや》ましい。私はまだよ。そうそう、紐は何を使ってるの？　くぐった人は、皆、紐を使うんでしょう？」

アザミは質問には何も答えず、問い返した。

「……あなたは何者なの？」

意外そうに彼女は笑った。

「あら、なんでそんなに怖い顔をしているのかしら。これ、気に入らなかった？」

加奈茂さんはスコップを抜き、同じ場所に深く突き刺した。

どういうことだ？

その時、思考が繋がる。

……まさか。

四人の失踪事件。

加奈茂佐芙は人を殺している。

僕の机の中に入っていた地図。

矢印の先の神社で待っていた加奈茂さん。

そして、スコップ。

「加奈茂さん。君は、失踪事件の犯人なのか？」

彼女は笑顔を深めるだけで何も答えない。

それは肯定のように思えた。

彼女のスコップの下には、何が埋まっているのだろうか。

「仲良くしようと言っているのよ。私たちみたいのは、あまり目立って動けない。それなら限られたモノは一緒に楽しむべきだわ。私、アザミさんのことがもっと知りたいの」

「あなたとは関わらない」

加奈茂さんは、アザミの言葉に驚いたようで、しばらくあっけにとられていた。

「関わらない？　どうして？」

加奈茂さんの顔から笑顔が消えた。その顔を見て、彼女が向こう側だということを理解した。その瞳は、アザミのものとよく似ている。

底が見えない、暗い穴。

「私は、人を殺さない」

「殺さない主義なのかしら？　そういう趣味の人もいるようだけど」

「違う。私はもう人を傷つけない」

「はあ？」

加奈茂さんの表情が歪んだ。

そして、笑う。

ハハ、アハハ、アハハハハハハハハ！

神社に笑い声が響き渡り、鴉《からす》が逃げるように飛んでいった。

「……あなた、馬鹿なの？」

加奈茂さんの目には、侮蔑の色が浮かんでいた。

「くぐったんでしょう？　じゃあその衝動をどうするの？　人を殺しなさい。殺さないと、あなたは生きていけない。それはくぐった者にとっては食事でしょう？」

「殺さない。私は父のようにはならない」

「……なんでかしら」

「………………」

「気持ち悪いでしょう？　殺さないと。我慢ができるとか、そういうレベルじゃないはずよ」

「それでも、殺さない」

アザミの声は決意に満ちていた。

いよいよ加奈茂さんが黙り、双方のにらみ合いが始まる。加奈茂さんがふと僕を見て、納得したように笑った。

「終くんのためかしら?」

「………」

「アハハ、嘘でしょ、アハハハハ!」

腹をかかえ、その場に転げ回った。体中を土まみれにして、ようやく笑いが収まり、立ち上がる。髪や頬にも土がついていて、彼女の高貴なイメージとはちぐはぐで、それが恐怖を感じさせた。

「その一人の人間のために、殺さない? 馬鹿だー! 馬鹿がいる!」

彼女はスコップを引き抜いて、心底おかしそうに笑いながらこちらに向かって歩いてくる。思わず身構える。僕の隣を通る時に、気が付けば首根っこを掴まれていた。親指と人差し指の爪が食い込んでいる。

まるで反応できなかった。

「ねえ、じゃあ、こいつを殺したらあなたは本気になってくれるのかしら?」

「離せ」

アザミが睨んでそう言うと、加奈茂は「こっわーい」と笑い、僕の首から手を離した。

神社の階段を下りていく。どこからともなく、甲高《かんだか》い笑い声だけが神社に響き渡っていた。

ややこしいことになるとは思った。しかしそうなるにはまだ時間があるだろうと思ったし、いざとなれば彼女が犯人であることをそれとなく警察に伝えてしまえばいいと思った。しかし、事態は次の日から急変した。

加奈茂佐芙の正体を知った次の日、いつものように登校し、席に着くと、なんとなく周りの雰囲気が違うのが分かった。いつもは誰も僕には注目しないのに、皆が僕を見ている。そして、いつもアザミと一緒にいる、スクールカースト上位の男子が僕に近寄り、話しかけてきた。

「ねえ、お前、人殺しの子供ってマジ?」

4

「乙黒終さん、あなたは本当に一人暮らしですか?」

片隅に人影が写った写真をつきつけ、神楽はしたり顔で僕を見た。

「…………」

神楽果礎。舐めていた。

彼女は最初からこうするつもりだったのだ。

話をするだけと僕の警戒を解き、僕が安心しきったところでこれを出す。そしてその反応を見る。それこそが真に彼女がこの場でやりたかったことだろう。

表情が歪みそうになるのを我慢する。できるだけ平静を装う。こういうのは得意だ。

「一人暮らしだよ」

「じゃあ窓から出てきたのは誰でしょう？」

「まったく心当たりがないね」

「でも、終さんの部屋の窓から出てきたのを私、見てます」

何かがおかしい、と思った。

この写真は決定的な証拠になりえるんじゃないのか？

それなら神楽果礎は何のために、僕にこの話をしている？

もしアザミを目撃したのなら、姉に言いつけて僕の部屋に捜査に来ればいい。それをしない。できない。彼女がこうして僕と話す、これが限界のアプローチ。

写真に注目する。インクをこすったような人影……。

「……これ、合成だよね？」

人影というのがあまりにもブレすぎだし、この人影だけ影がない。

写真が出てきたことに動揺してよく見ていなかっただ、あまりにも荒っぽい合成だ。

「そうですよ」

神楽果礎は笑顔であっさり認めた。肩の力が抜けると共に怒りがこみ上げてきた。

「そうですよ、じゃない。一体どういうつもりなんだ」

急に彼女は片手を上げ、マスターを呼んだと思ったらチョコレートケーキを頼んだ。デザートも黒いのか。注文を終えたその口で、付け加えるように言った。

「私は、あなたが乙黒アザミを匿っていると思っています」

笑顔の瞳に、鋭く僕を観察する目が覗き見えた。

この人の話のリズムは苦手だ。

安心した隙に、決定的なことを言ってくる。

「……どうして？　うちには警察も事情聴取に来たよ。それではっきりしたはず」

「乙黒終、乙黒アザミ。あなたたち双子には特別な繋がりがあります」

「特別？」

「たくさんの試練と苦労がありました。父が殺人犯であったこと。母の失踪。転校先でのいじめ。そこでの暴力事件。その後、二人は引き裂かれた」

「だから、なんだよ」

注文していたチョコレートケーキが神楽の前に置かれた。彼女はケーキの中心にフォークを突き立て、まるごと持ち上げてかじるように食べた。食べかすがテーブルの上に散らばる。

「ロミオとジュリエットが、どうして惹《ひ》かれあったと思いますか？　それは、両家が争っていたからです。二人の間にある障壁こそが、恋を燃え上がらせた。もし両家の仲が良かったら、二人は恋に落ちてすらいなかったかもしれません」

ガジガジと前歯がケーキを削り取っていく。やがてその口はフォークに当たり、その振動でケーキが皿の上へと落ちた。再びフォークで突き刺し、今度はまるごと口に詰め込んだ。

美人には必ず欠けた部分があると、いつしか父が言っていた。

フォークを包んでいた紙で口を拭《ぬぐ》う。

「あなたたちには、障壁が多かった。それを二人で乗り越えるたびに、二人の仲はもっと深まっていった。そしてその後に強引に引き裂かれたわけです」

僕とアザミは違う。

父が逮捕され、母がいなくなった時、僕は悲しんだが、アザミは何事もなかったかのようにテレビを観て笑っていた。

根本から、僕らは違う。二人で乗り越えたなんて言えない。

……でも。

アザミは、悲しんでいる僕を見ると、肩を抱いて涙を流した。

「匿ってないよ。僕の家には、誰もいない」

僕の答えに間髪入れずに問うてくる。

「玄関の鍵を急に増やしたのは？」

「防犯のテレビを観たので」

「隣の部屋を突然借りたのは？」

「本が増えてきて倉庫が欲しくて」

「最近バイトを減らしたのは？」

「ネットでもお金を稼げるようになってきたので」

「先日、放課後に水次月の家に行きましたね。あなたたちは付き合っているんですか？」

「うん」

都合のいいように答えておいた。

水次月のことも知っているとなると、僕のことをつけていたのかもしれない。そうなるとアザミが目撃されそうでもあるが、彼女のことだ。うまく切り抜けているのだろう。そういった抜け目のなさは信じていた。

「……分かりましたよう」

どこか拗《す》ねたように、フォークで食べかすをいじる。

「それでは、ここからは仮定の話ということで」

「はあ」

彼女の話にとことん付き合うしかないだろう。

ここで僕が適当に流してやり過ごしたとしても、彼女はまた接触してくる。単純に僕に接触してくることが多ければ、危険性も増す。

それならこの一回で、彼女が納得するまで話すべきだ。

「乙黒アザミが家を訪ねてきたら、終さんは匿いますか？」

「それは――」

「形ばかりのノーはいらないです」

よく考えてください。と付け加えられる。

殺人犯が家を訪ねてきたら、普通は匿わないだろう。

それがたとえ家族でも、殺人を犯してしまったらもう戻れない。

アザミが僕の家を訪ねてきたとき、どうして僕は部屋へ入れたのだろう。

僕の家は、誰もが疑う潜伏場所だ。危険だなんてことは分かっているはず。それでもアザミは僕の家を選んで訪ねてきた。

だからか？

そんなアザミを愛おしく思って、つい匿ったのか？

……そうじゃない。

「……いや、匿わないよ」

僕の答えを予想していたのか、間髪入れずに問いかけてくる。

「どうしてですか？」

「確かに僕はアザミのことを大切に思ってる。しかし、殺人犯を匿ったとして、そこに意味はあるのかな？」

「と、言いますと？」

「匿ったとして、その先もずっと匿い続けるのか？　そのまま生き続けるつもりなのか？　そんなこと、とても無理だよ。いずれはバレるから。そんな一時的な生活には何の意味もない。何の解決にもならない」

分かっている。

……分かっているんだ。

最初匿った時から。

この生活は長くは続かない。一時的なものだ。

もし前に進めるならば、それはアザミではない紐鏡事件の犯人が逮捕されること以外にありえない。そして――アザミが紐鏡事件の犯人であることを認めた今、その希望は絶たれている。

『そうだよ。私だよ』

僕はそれに「そっか」と答えるのが精いっぱいで、それ以上何かを聞き出すことはできなかった。そして向こうも話題には出してこない。

信じるとか、疑うとか、そういう段階ではない。

紐鏡事件の犯人は、アザミであった。

警察や世間の言う通りだ。

考えれば分かる。決定的な証拠もないのに、警察がアザミを逮捕するわけがない。最初から、アザミが犯人だというのは決定事項だったのだ。

でも、それを僕が信じたくないから。

それを認めたくなかったから。

だから、アザミを匿った。

「じゃあ、大人しく警察に突き出すと？　たった一人の家族を？」

「……それもしない」

返答が意外だったのか、神楽が僕を興味深そうに見つめた。

「どうして？」

「僕はアザミと約束したんだ」

「約束？」

「彼女を幸せにする、と」

「幸せ」

神楽が笑いをこらえきれないように噴き出した。

「殺人鬼の幸せって何ですか？　人を殺しまくることですか？」

「違う！」

「じゃあ何ですか？　就職して結婚して子供に恵まれることですか？　そういった慎《つつ》ましやかな平和な幸福を求めているんですか？」

「………」

そうだ、と言いたかった。

しかし、これは僕がアザミを信じていたのと同じ、エゴだ。

アザミを信じると、彼女から目を背けていた。アザミを直視したけれど、真実を知るのが怖くて確かめられないでいた。そして今、アザミの口から真実を聞いても彼女を理解できていない。

アザミのことは分からない。何を幸せと思っているのかも分からない。僕が幸せと決めて押しつけるのは、彼女の幸せではない。

何が、アザミにとっての幸せなのだろうか。

分からない。

気が付いたら頭を抱えていた。

分からないことだらけだ。

人は、共感で判断する。自分がされたら嬉しいことを誰かにすれば、その誰かも嬉しいのだろうと思う——錯覚する。

でもそうではない。

特にアザミは違う。

向こう側。

彼女がどう思うか、何を考えているか、それを担保するものなんて何もないのだ。

でもそれを知らないと、彼女と幸せになることなんてできない。

しばらく黙ったまま、神楽は窓の外を眺める。ほうけているように見えた。

「終さん。……彼女が匿ってと訪ねてきたら、即刻、あなたが殺してあげるべきです」

何を言っている。

その言葉の衝撃で、呼吸が止まった。

「彼女を捕まえてもまた逃げるかもしれない。逃げなくとも、年齢もあり、終身刑や死刑にはできない。つまりアザミはいずれまた世に放たれる。そうしたら彼女はまた罪を重ねる」

冗談を言っているのかと思ったが、眼光の鋭さが本物だ。

本気で、殺してしまえと言っている。

いろいろ言いたいことはあったが、取り敢えず最後に残った部分だけ摘《つ》み取る。

「……いや、罪を重ねるかどうかは分からないだろ。罪を重ねないために刑務所があるんだから」

「あなたは本当に、刑務所に突っ込んだら善良な人間になって戻ってくると思っているんですか？」

「それは……」

「全体の事件のうち、再犯が六割です。刑務所は役に立っていない。殺すべきなんです。それがもっとも、多くの人間が幸せになる方法です」

「……お前は何を言ってるんだ」

「冗談ですよ」

ふわりと、彼女の雰囲気がやわらかいものに戻った。

今のが冗談だって？

「本気にしないでください。私はただ、皆の黒い本音を述べたまでです」

「……」

彼女の浮かべたうすら寒い笑みが、僕の心を侵食してくる。

「でもね、終さん。人を殺すっていうのはそういうことなんですよ。善良な人間を不幸のどん底に落とす行為。何があっても許されない。そんな人間は殺すべき。見事なまでの正義の味方じゃないですか」

「その悪人を殺した人間も、殺人者だよ」

決して英雄なんかではない。

「ええ。最後に正義の味方を皆で殺しましょう。殺人罪も一億で割ったら軽いものです」

神楽果礎。ただの探偵気取りではない。

アザミほどではないが、近い傾きを感じた。

「十分に情報は収集できました。ここまでにしますか」

そう言って彼女が席を立つ。僕も合わせて立ち上がり、彼女が会計をすましている間に外に出た。お礼を言い、別れるところで彼女が言った。

「乙黒アザミの幸せの定義、分かったら教えてください」

僕がそれに答えないでいると、にこりと微笑んで去っていった。

「幸せにしてみせる」

つぶやいて、己の中の決意を試す。

何がアザミの幸せかなんて分からない。

それでも、確かなものが一つだけある。

神楽のせいで思い出してしまった過去――そこに大事な事実があった。

アザミは人を殺さないようにしていた。

僕のために、その衝動を堪《こら》えていた。

その事実だけが、希望だ。

紐鏡事件も、何かしら仕方のない理由があるのだ。

――そう思えば、彼女が人殺しだという事実をかろうじて受け入れられた。

神楽と会って、決意が固まった。

僕だけはアザミのことを見捨てない。

アザミは僕だ。

僕の、半身だ。

「……どうしてだろ」

神様、どうして。

様々なことに、どうして、と聞きたくなる。昔のことも、今の状況も。何も理由なんて分からない。

でも、心当たりはある。

僕が始めたことだ。

もう、本当に潮時か。

神楽果礎が僕に近づいている。アザミにたどり着くのも時間の問題だろう。むしろ、今までバレなかったのがラッキーだ。

僕の手で終わらせるのがせめてもの責任だろう。

アザミが犯人であることは知らなかった。

でも、願っていた。

彼女でなければどれだけいいか、と。

それでもその願いは、ただの僕の気持ちでしかない。

気持ちで人は幸せにはならない。現実は変わらない。

だから、アザミが犯人であることは想定していた。

終わりだ。

紐鏡事件は、これで終わりにする。

◆四章　君に殺されたとしても

1

帰宅すると、アザミは留守だった。

こんなことは初めてだったので家中を探してみたが、やはりどこにもいない。靴もなかった。彼女は僕にバレないように外出しているはずなので、僕が予定より早く帰ってきたということだろう。神楽果礎と半日ほど会話をしていた気分だったが、時計を見ると家を出てから一時間しか経っていなかった。

このまま待っていれば、そのうちアザミは帰ってくるだろう。

そしてまた死体が一つ見つかるのかもしれない。

もちろん僕はそれを望んではいないが、それを悪だと止める気もない。

きっと、そういうことではない。

彼らにとって殺人は食事だ、と加奈茂が言っていたのを思い出した。

もしそうならば、それこそ、僕にアザミを止める権利はない。彼女を止められるのは唯一法律なのだろう。

「…………」

決まりというのは、皆が賛成して決めることだ。

しかし、殺人を犯してはならないという法律は、僕とアザミが生まれる前からある。もしアザミがその法律を決める場にいたら、反対していただろう。

そして、反対意見は、圧倒的大多数によって却下されたはずだ。

結局、そんなものだろう。

正義なんて、数でしか語れないのだ。

もし、アザミのような人間が、僕のような人間より一人多かったら、それだけで正義は、世界は、ひっくり返る。

正義はそれだけのものだ。

そんな、儚く、薄く、幻想的なものだ。

「邪魔だなぁ」

正義をなしたいと思う感覚が邪魔だ。

殺人を心の底から憎むこの感情を根っこから引き抜きたい。

死体を見て気持ち悪いと思う大脳をぐちゃぐちゃに混ぜてやりたい。

そうしたら、少しは優しくなれるのだろうか。

「…………アザミ」

君の見ている世界は、どんなふうなの？

もっと、君と話したいよ。

空虚な手のひらを見つめ、強く握り締めた。

スマホを取り出し、鷺森先生に電話する。数コールで彼女は出た。

「もしもし、鷺森先生。暇ですか？」

『あいにく今淹《い》れたコーヒーをこれから飲まなくちゃいけない』

「それを飲んでからでいいので、少し会いませんか？」

『悪いが休みの日は家で一日中Ｈｕｌｕを観るという鷺森家のきつい掟《おきて》があってね。外出はできないんだ』

「今日、これから、紐鏡殺人を終わらせます」

緊張がスマホの向こう側から伝わってきた。

鷺森先生はコーヒーをすすり、ゆっくりと答えた。

『…………分かった。会おうか』

少し準備が必要とのことだったので会うのは夕方になった。

このまま家にいてもアザミと鉢合わせして気まずくなるだろう。いろいろ一人でも考えたいし、外出することにした。

待ち合わせに選んだのは片白江東公園だ。百枝さなえが行方不明になった場所。

その近くのカフェで時間を潰し、午後五時になったところで公園へ向かうと、黒塗りのベンツがとまっていた。

右側のガラスをノックすると窓が開いた。

「入れ」

「お言葉に甘えて」

ドアを開けて中に入ると、コーヒーを手渡される。珍しくふつうの缶コーヒーではなく、ボトル式の蓋《ふた》がついている缶コーヒーだった。車の中でこぼさないようにするためだろう。

「この時間にコーヒーは飲みたくないんですが」

「大人への近道だぞ」

「知らないんですか、最近の若者は大人になりたいだなんて思っていないんですよ」

「悟ってるなぁ」

とりあえずコーヒーを一口飲んでおく。

もう少しだらだらと喋っていようと思ったが、鷺森先生が「それで」と切り出した。

「紐鏡殺人を終わらせるとのことだが」

「ええ」

「アザミがどこにいるか分かったのか？」

「……はい」

車の中が煙《けむ》いと思ったら、彼女がたばこに火を点けていた。

「もう、やめておけ」

鷺森先生の声音は、いつにもまして厳しかった。それは怒るというより、指導という雰囲気だ。

「犯罪者のことなんか、理解できないんだよ」

「……そんなの、本人に聞いてみないと分かりません」

「じゃあ君は、アザミのことが理解できたことがあるのかい？」

「…………」

大人しく警察に通報しろ。そう言った。

「でも、先生。そうしたら、アザミは一人になってしまいます。誰が彼女を幸せにするんですか」

「あのな、橘。彼女は幸せになんかなれないのさ」

その言葉が、僕の心臓を撃ち抜いたのが分かった。それは違う。それだけは否定しなくてはいけない。

「……じゃあ、彼女は何のために……」

何のために、生まれてきたんですか。

「それこそ、一回刑務所に入ってくればいい。更生させてくれるかもしれない」

それは、違う。

一度したことは元には戻らないのだ。本当の意味でなんて償えない。チャラにできない。一度外れたレールには、戻れない。

神楽果礎の言ったことが頭の中に浮かんでくる。

刑務所など、機能していない。

一度罪を犯したら抜け出せないということだ。

父が犯罪者で、もうそれだけで、僕らは転落してしまったのだ。

元に戻りようなんてない。

それこそ刑務所に入ったところで、レールに這《は》い登《のぼ》ることなんてできない。

「橘。価値観の違う人間っているだろ」

「たくさんいますね」

「そういった人間と、どう付き合えばいいか知ってるか?」

「……いえ」

「関わらないことだ」

先生が煙を吐く。貫禄を感じる。

「ただ、関わらないこと。それが互いの幸せにとって一番いいんだよ。価値観はすり合わせることができない。その人の根本を形成しているものだ。変えられない。分かるな?」

「理解は、でき――」

ま、す。

視界がぐらつく。

これは――。

すぐに気が付く。この感覚を僕は知っていた。

水次月に盛られたときと、同じ。

「橘」

鷺森先生が僕を確認するように一瞥した。

この人が盛ったのか。

……コーヒー。

むやみに飲むべきではなかった。

「だから、アザミは私に任せておけ」

僕を行かせないように？

違う、そうではない。ここまでして止める理由はないし、薬が切れたら僕はアザミに会いに行く。薬を盛ることは僕を止めることにならない。

エンジン音が大きくなる。車が動いたのだろう。

どこへ向かう。

「せん、せ……」

鷺森先生に僕の声は届いていないのか、それとも無視されているのか、返事は聞こえなかった。

ああ、まったく。

アザミが家に来てから、こんなことに巻き込まれてばかりだ。

それはたぶん、偶然なんかではない——。

2

目を覚ますと、頭痛がした。最近は頭痛にさいなまれてばかりだ。ここまで頭痛があると、脳味噌が変形してアザミのことが理解できるようになるかもしれない。

そんなポジティブなことを考えている場合ではなかった。

コンクリートの床、さびついた巨大な機械。割れた窓ガラスからは草木が覗いている。光源は月明かりのみだが、周辺を確認するには十分だった。

虫の声に混じって、水がしたたり、トタンをはじく音が聞こえる。

どうやら廃工場のようだった。

僕は椅子に座らされ、鎖でぐるぐると柱に巻き付けられていた。水次月の時よりも強固な拘束だった。手錠もはめられ、今度は隙間などなく手首がきつくしめられていた。親指の付け根を折ってすり抜けることなどできそうもなかった。

「鷺森先生」

名前を呼んでみる。僕を拘束したのは彼女なのだろうから、近くにいるはずだ。

「起きたかい」

急にあたりが明るくなった。とっさに目をつむる。徐々に開いて目をならしていくと、十メートルほど先に椅子があり、そこに鷺森先生が座っていた。その脇には今にもバラバラに崩れそうなデスクがあり、デスクライトがついたようだった。

「先生……これはどういうことですか」

先生は立ち上がり、僕の目の前にやってくる。後ろのポケットから何かを取り出した。

ナイフだ。

「このナイフは、乙黒了の殺しの道具だった」

ナイフを掲げ、光に照らした。ナイフはそれを鈍く反射する。見とれるように、恍惚な表情をする。

「ナイフは乾く」

鷺森先生はナイフを僕の太腿《ふともも》に突き刺した。喉から絞り出したような声が漏れ出た。痛みでそれ以上声が出ない。左足を動かそうとすると鋭い痛みで何も考えられなくなる。いきなり生存率ががくっと下がった。

俯き、歯を食いしばる。全身から汗が噴き出すのが分かった。

「橘、お前は本物ではない」

「本、物……？」

「本当に乙黒了の子供なのかと思うくらい、凡人だ」

「…………」

「橘の名がふさわしい。乙黒を名乗るのは、アザミだけでいい」

ナイフを太腿から引き抜かれる。ずるりと金属が体の内側を這う感覚に思わず叫んでしまう。

血が一瞬噴き出し、勢いを失って滴《したた》り落ちる。

「はは、澤田が見たらほっとかない光景だな」

「先生……」

鷺森先生は何者なんだ？

澤田先生の趣味も、僕は言っていない。

状況と痛みで思考が絡まる。

「これは、どういうことですか……？」

鷺森先生が、デスクの中から手鏡と赤いロープを取り出し、僕の前に投げた。手鏡にひびが入る。

「ロープと手鏡、これで何をするか分かるか？」

「先生が、紐鏡殺人の犯人なんですか!?」

その問いには答えず、見下すような声音で言った。

「……分からないだろうな」

つぶやく。

「お前には分からない。水次にも分からないだろう」

「なっ……」

水次月の犯行のことを知っているのか？

「見えている世界が違う。アザミの見えている世界をお前は知らない。かけらも分かりはしないだろう。小奇麗な部屋は血みどろに見えるし、人間は歩く植物に見える」

それは、喩《たと》えだろうか。

「お前と最近話すようになって、心底分かったよ。最初は期待もしていたが、本当にただの凡人だ。……アザミがかわいそうでならない。アザミを理解する？ 笑わせるよ。私がどれだけ努力したと思ってる。それでも届かない。お前が届くわけがないだろう」

「……先生は、何がしたいんですか」

「アザミを救いたい」

「救う、とは」

「そのうち分かるさ。……ほら、さっそくお出ましだ」

鷺森先生が僕の背後に目をやった。

かすかに、砂利《じゃり》がこすれる音が聞こえる。誰かが後ろから歩いてきている。

「ククッ」

鷺森先生は内側からあふれ出るように喉の奥で笑った。

足音が近づいてくる。

それはやがて僕の後ろを通過し、横に立つ。

「……アザミ」

乙黒アザミだった。彼女は僕の方には一瞥もくれずに、じっと鷺森先生を見つめていた。瞳がまた暗くなっている。

鷺森先生が両手を広げて歓迎する。

「やあ、アザミ」

「…………」

アザミは鷺森先生を睨《ね》めつけたまま何も言わない。それに焦ったように鷺森先生が口を開いた。

「いや、勘違いしないでくれ。橘終を殺す気はない」

「本当？」

「ああ、君が育ててきたものだ。私が刈り取るようなことはしない」

育ててきた？

どういうことだ。

しかしアザミにはきちんと意味は伝わったようで彼女は了承する。

「……それならいいけど」

「まずは、歓迎するよ。君が来てくれて本当に嬉――」

予備動作はなかった。

アザミが数歩で鷺森先生との間合いを詰める。鷺森先生はアザミの行動に幾ばくか硬直し、ナイフを突き出す。アザミはその手首を蹴り上げ、宙に舞ったナイフを掴み、そのまま鷺森先生の喉元《のどもと》に振り下ろした。しかし、それは直前で止まる。

それと同時に、アザミのこめかみに拳銃《けんじゅう》がつきつけられていた。

「アザミ、ナイフで喉元を切るより、銃で頭を撃ち抜く方が早い。私の勝ちだ」

「そんなのやってみないと分からない。試してみようか？」

アザミの提案に、鷺森先生が唾を飲み込んだ。

「アザミ。私はここで君を失いたくないんだ」

「私もあなたを殺す気はない。ただこう言いたかっただけ」

——用件を早く言え。

水の滴りも凍《こお》るような声音だった。

「ああ、分かった。……ナイフはアザミにあげるよ。そもそも私に使いこなせる代物ではない」

「当然もらう。これはお父さんの物」

アザミは僕の横に戻ってくる。その間、僕とは一度も目を合わせない。アイコンタクトくらいあってもよさそうなものだが。

「じゃあ用件を言うよ。……アザミ、君はくぐったんだろう？」

くぐった。

その言葉は聞いたことがある。加奈茂がアザミに同じようなことを言っていた。

いろいろと考えたが、僕には結局分からなかった言葉だ。

「くぐったよ」

「おお……！　なんと、素晴らしい……」

鷺森先生が興奮して目を見開き、身を乗り出す。

「くぐったって何ですか」

会話を邪魔されたのが癪《しゃく》だったのか、鷺森先生は一瞬顔をしかめるが、すぐに僕に向き直った。

「橘、お前、知らないのか」

呆れたように鼻で笑った。

「門だ」

「門？」

「私の研究の行き着いた先だ」

犯罪心理学。

その先にあるもの。

「その門をくぐった者は殺人鬼になる。純粋な子供でも、聖人であっても、醜く冷たい殺人鬼になってしまう」

馬鹿げている……。

「馬鹿げていると思うか？　否定するのは自由だが、向こう側の者たちは、一様にこの門のビジョンを見ている。それは、研究の上で、偶然とは言えないだろう」

「殺人鬼に……」

門。

もしそんなものがあるのなら。

それこそが僕とアザミを隔《へだ》てているものの正体だ。

門のこちら側と、向こう側。

アザミは向こう側にいる。

「乙黒了は二十一歳でくぐったと言っていた。……アザミ、君はいつくぐったんだい？」

「さあ。小さいときに」

「そうか！　生まれながらか……。やはり、門は遺伝……。じゃあ遺伝子こそが門なのか？　違う。何もなかった善人がある日突然門をくぐってしまうこともある……」

鷺森先生が一人でぶつぶつ何かを言っていた。門の存在は信じがたい。それでも二人は確信しているようだった。それなら、常識ではなく彼女の、向こう側の感覚を頼りにするべきだろう。鷺森先生はアザミの睨みに気が付いたのか、はっとして僕らに向き直った。

「アザミ。分かっていると思うが、私が紐鏡殺人の犯人だ」

やはり。

彼女こそが紐鏡殺人の犯人。

…………。

引っかかりを覚える。その原因も分かっている。そして考え至り、理解した。

大丈夫。

アザミはしばらく黙っていたが、噴き出すように笑った。それに合わせて鷺森先生も笑う。二人の笑い声が混ざり合って、僕に降り注いできた。何が何だか分からない僕は、不気味にしか思えない。

アザミがこんなふうに笑うのは、見たことがなかった。

ひとしきり二人で笑った後、アザミが言った。

「あなたが紐鏡殺人をした意味は分かっている」

紐鏡殺人の、意味。

それは散々世間で憶測が飛び交っているものだ。

なぜ犯人がロープと手鏡を現場に残すのか。

それをアザミは理解している。

「ちゃんと伝わっていたようで安心した。それなのに全然会いに来てくれないなんてひどいじゃないか」

「…………」

「私は君を、理解できる」

アザミはなおも黙っている。そこで初めて僕に視線を向けた。そのまま僕をじっと見つめている。何かが頭を巡っている様子だった。

鷺森先生が訴えかけるように言った。

「終に君は理解できない。君が終といるのは、同じ血を引いているからだろう。終がいずれは門をくぐり自分のことを理解できると、そう期待している」

アザミは僕を見つめ続けている。しかしその実、僕を見ていないようにも思う。僕の体を、存在をただぼうっと眺めている。

分からない。

アザミが何を考えているのか、僕には分からない。

「でも、現実は違う。門をくぐった者の子供が、必ずしも門をくぐるとは限らない」

「私と終は、一卵性だよ。遺伝子は同じ」

「それでも、君らは違う。終も門を見たかもしれない。でも、彼はくぐらなかったんだ。君はくぐった。それだけのことだ」

「…………」

「そして彼の前には二度と、門は現れないかもしれない」

「……………………そうだね」

あ。

アザミが僕から視線を逸らす。

その時に、切れる音がした。

僕とアザミの間にある、生まれたときから繋がっていた糸が、断ち切られる音。

突如、孤独にさいなまれる。

アザミがこの場に来たことで、僕はどこか安心していた。

アザミは常に味方だった。

どんな状況であれ、必ず彼女と僕は同じ側に立っていた。

アザミが鷺森先生へと一歩を踏み出す。それが、僕への別れを告げているように感じた。

「アザミ！」

叫ぶが、彼女は振り返らない。

そのまま鷺森先生の元へ行ってしまうのかと思ったが、そうではなく、僕の足元に散らばっている赤いロープと手鏡を拾っただけだった。それをしげしげと眺める。

「確かに終はそう。……でもそれは、あなたと一緒にいる理由にはならない」

「私は君を幸せにできる」

幸せ。

アザミがその言葉に反応して、しばらく視線をさまよわせた。

「私は必ず君を幸せにできる。なぜなら君を理解できるからだ。君が何を望んでいて、何をしたら喜ぶのか——幸せになるのかを知っているからだ」

それは、僕がずっと欲していたものだ。

そして、手に入れられなかったものだ。

アザミは目を細めた。

「……どうしてそんなに私にこだわるの？」

「神秘的じゃないか」

「神秘的？」

「そう。私たちの存在は人類の次のステップとも言えるだろうし、人類が増えすぎた際の抑止機構だとも言える。私たちは、必然的で、神秘的なんだよ」

「……私に価値を見出してるの？」

「ああ、そうだよ。私は人を殺すことを禁止したりしないし、君の言動に引くようなこともない」

その言葉に、アザミが行動を停止させる。

アザミの横顔から、彼女の傷付いた感情が伝わってくる。

「君のペースは二週に一度だろう？　むしろ今までどうしていたんだ？　衝動は抑えられ

るなんてものじゃないだろう」

「……動物を」

「ああ、疑似体験か。かわいそうに」

動物を――。

ズボンについていた血を思い出す。あれは人間のものではなかったのか。

アザミは、苦しんでいた。

己の衝動と、僕との約束の狭間《はざま》で、胸がつぶれそうなほど考えたに違いない。その答えが、夜間外出、そして動物殺害。それが、両立できるぎりぎりのラインだった。

……いや、両立なんか、できていなかった。

彼女には、動物では足りなかった。

「……人がいい」

静かな、こぼれ出るような声だった。

嗚咽が聞こえる。泣いている、のか。

「どうして、ダメなの?」

宙に浮いた疑問は答えを得ないままに落ちていく。

アザミが両手を顔にやる。数滴の涙がコンクリートの床を濡らした。

「普通に生活したいだけなの。起きて、笑って、食べて、殺して、寝て……それだけなの。それだけなのに」

　頭を殴られたような衝撃だった。

　僕は、彼女が人を殺したがるのは、快楽目的だと思っていた。しかし、そうではない。

門をくぐったが故の、殺人衝動。

　それに取り憑《つ》かれている。

　自分に置き換えたときに、何に該当するかも分からない。しかし、それは本能的な部分に根差しているのだろうと思った。

　そうでなければ、アザミは涙をこぼさない。

「殺したいよ。本当は、殺したい。でも、ダメだって終が言う。それでどうやって生きろって言うの？」

　心の叫びだった。

　僕は、やはり何も分かっていなかったのだ。

　僕とアザミには違う部分がある、そう思っていた。真実はそうではない。

　僕とアザミは違う部分しかない。

「そうだろう。今までよく我慢したね。もう我慢しなくていい。……それを使って、私のもとへおいで。これからは、君が幸せになる生活を提供しよう」

　幸せに。

お互いの理解なしに、幸せなんかはぐくめないだろう。

僕には、アザミを幸せにすることはできないのか――。

アザミがこちらを振り向く。その手にはロープと手鏡が握られていた。手鏡はするりと手を抜け、床へと落下する。

両手でロープの端と端を持ち、ピンと張らせた。

僕に一歩一歩、近づいてくる。

その目は、いつものアザミのものではなくなっていた。

「アザミ、何するつもりだ」

まさか。

一寸《ちょっと》、思考の間に挟まる可能性。

鷺森先生が笑った。

「なあ、橘。紐鏡殺人の意味って何だと思う?」

それは意地の悪い質問だった。僕が黙っていると、優越感を口元にともす。

「門をくぐった人間は、世界の見え方が変わり、殺人衝動に取り憑かれる。人をどうしても殺したくなる。でもな、一番殺したい人間というのができるんだ。……誰だと思う?」

ニタニタといやらしい笑みを浮かべながら、僕が分からない質問を投げてくる。

「一番殺したい人間。それは、自分だよ」

「自分……？」

「門をくぐった人間には、自分を殺したい欲求が生まれる。この欲求の大きさは、門をくぐってからの時間に比例する」

「じゃあ、門をくぐった人間は、やがては自殺するのか？」

「その通りだ。門をくぐった者はやがて自殺してしまう」

それは破滅願望に近いものだろうか。

「でも、生存本能もある。だからそんなにすぐには死なない。だけど、皆、ある行動をする」

「……ある行動？」

「鏡の前で、紐で自分の首を絞めるんだ」

はっとする。

紐。

それは加奈茂との会話にも出てきたものだ。

彼女も「くぐった者」なら、同じはずだ。

「自らを慰める行為だ。疑似体験で自らの欲求を仮初《かりそ》めに満たしている」

「…………」

「でも、アザミはその欲求を完全な形で満たすことができる」

「……それは」

嘘だ。

頭に浮かんだ可能性を否定する。

そんなわけがない。

「君とアザミは同一の存在だ。アザミにとって君を殺すことは即《すなわ》ち、自分を殺すことに等しい。そうすることによって、アザミは門をくぐった者の本能を乗り越えた人間になれるんだよ」

アザミが僕の首にロープをかける。そしてゆっくりと一周させた。僕はそれに抵抗しなかった。

「橘、なんでアザミがお前と一緒にいると思っている？　家族だから？　お前のことを愛しているから？　二人で幸せになるため？　違う。そうじゃない」

「…………」

「門をくぐった者は、皆、孤独だ。世界の見え方が自分だけ変わってしまう。世界に自分だけだと思う。だから、門をくぐった者同士は惹かれ合い、肩を寄せ合う。しかし、なかなか門をくぐった者がいないことも確かだ。だから、彼らは常に孤独を抱えている。そしてその癒《いや》し手を待っている。同じ物差しで世界を見て、自分の言うことを理解してくれ、価値観を共有できる人物」

それは確かに、僕が目指していたものだ。

「アザミは、お前にそれを期待した。自分と同じ存在だからこそ、門をくぐってくれると思った。しかし、なかなかその兆候は現れない。やがてアザミはこう考えるようになった。自分の理解者を待とう。理解者が現れたときに終を殺してしまおう」

そうすれば、理解者も得られるし、自分を殺したいという欲求も満たすことができる。

「理解者が現れるまでお前と一緒にいるのは、存在をより同一のものとするためだ。一緒にいることで同じ経験をして、自分と存在を近くする。そうしてから殺した方がより欲求が満たせる」

監視カメラ。盗聴器。

そうやって僕の行動を常に追っていたのはそういうことだったのか？

ちょっとやりたいことがある。アザミはそう言っていた。

それこそ、僕を殺すということだったのだろうか。

僕を殺すまでは、僕に嫌われてはいけない。だから僕の言いつけも守っていたし、表面では僕と仲良くしていた。その実、彼女が常に胸に抱いていたのは、僕への殺意だった。

僕を椅子でなぐりつけたのも、別に茶目っ気ではない。

確かな殺意が含まれていた。

「違う！　そんなわけないだろ！　……なあ、アザミ」

彼女は僕を、黒い染みのような瞳で見つめる。
そんなこと、認めたくない。
確かに僕はアザミと心を通わせていたじゃないか。
あの日常は何だったんだ？
「否定してくれよ。違うって……」
本当に、ただ僕を殺すための下準備だったのか？
そんな残酷な——。
いや、残酷という感覚そのものが、僕たち側のものだ。
徐々に手に力がこもり、僕の首が絞まっていく。呼吸が苦しくなってきた。
ようやく腑に落ちた。
そうだよな。
どこかで分かっていたのだ。
理解し合えないということは、こういうことだ。
殺意を向けられてるのにも気がつけない。
「ご、めん」
ごめん。
アザミのこと、分かってあげられなくてごめん。

生まれたときからずっと一緒にいるのに、僕は君に何もしてやれなかった。

君の楽しみも、苦しみも、何も分からなかった。

ごめんね。

顔が熱くなり、呼吸ができなくなっていた。なおもアザミは首を絞め続ける。その一瞬さえも逃さないように、彼女は瞬きを忘れて苦しむ僕を目に焼き付けていた。

視界に紫の光が混じるようになってきた。

アザミ。

君に殺されるのも悪くない。

「ア……」

アザミ。

「そ……しあ……」

それで君が幸せならば。

「ぼ……、いい」

僕はそれでいい。

アザミの顔が暗く見えづらくなっていく。

うまく笑顔を作れただろうか。

うるさいほどの耳鳴りがして、やがて意識が落ちる。

そうして、僕は死んだ。

3

天国か地獄かと聞かれたら、おそらくここは地獄なのだろう。

足元には死体で構成された地面。目の前には海が広がっていた。後ろを振り返ると、地平線まで何もなく、ただただ死体が敷き詰められていた。

死体の海岸。

それぞれの死体は死後数日といった様子で、生々しく死に至った傷を露呈《ろてい》していた。洋服の者もいれば、時代錯誤の和服の者もいた。皆等しく動かない。

空は赤く染まっていて、かすかな風が吹いていた。死臭が鼻をついたが、すぐに慣れてしまった。

一方で海の水は綺麗で、どこまでも澄んでいた。

「心当たりばかりだなぁ」

以前、授業で習ったことがある。地獄に落ちる基準。

確か無意味な殺生はアウトだったはずだ。

しかし、無意味な殺生をしない子供なんていないだろう。誰もが蟻《あり》を踏みつぶすし、蜘《く》蜘蛛《も》を解体する。そうして命を学んでいく。

もしその基準が確かなのだとしたら、すべからく全員地獄行きだろう。

足元を眺め、現にそうなっているか、と納得した。

「……あれは」

海から飛び出すように、ぽつりと門がある。

とりあえず、することもない。

門に向かって海に入っていった。波はない。海というより、湖なのかもしれない。深さは足首ほどで、水が張ってあるだけにも思えた。

門に近づくと、その簡素さが目につく。切り出した細い木材で囲ってあるだけ。柱は水の浸食を受けたのか、腐っていてボロボロだった。

門というには大げさかもしれない。

そして、気が付く。

僕はこの門を知っている。見たことがあった。

懐《なつ》かしい記憶。

「いつだろう」

記憶を辿っていく。中学でも小学校でも幼稚園でもない。

もっと前。

「……原風景」

これは、僕の原風景だ。

最初の記憶。僕が生まれ落ちた場所。

「ああ……」

惹かれるように門に触れる。湿っていて、どこかぬめりもある。しかし芯は今でも強固で、永遠にこの場所にあり続けるのだろうと思った。

門の感触で、一人思い起こされる人物がいた。

「ようこそ」

いつからそこにいたのか、門の向こう側に一人の男が立っていた。スーツを着ている。歳は二十歳くらいだろうか。爽《さわ》やかな風貌《ふうぼう》で、女性から人気がありそうだと思った。

この人物を僕は知っている。

そして、この人こそ、僕が門に触れて思い起こしたその人でもあった。

「父さん」

「やあ、終。久しぶり。元気かい？」

そんなことを、まるで酒の席かのように和んだ雰囲気で言う。

「……まあまあだね。父さんのおかげで大変だよ」

父さんは声を出して笑って「ごめんごめん」と適当に謝った。

「積もる話もあるだろう。こっちで話そう」

門。

この門は鷺森先生が言っていたものだと雰囲気で察した。

これをくぐったら僕は——殺人鬼になる。

ただ、ここは地獄だ。

くぐろうが、くぐるまいが、関係ないだろう。

「どうした？　来なよ」

「……うん」

門の外側から向こう側を覗く。そこに父の姿はなかった。門を通して見ると、再び父が現れる。

「ちゃんとその門をくぐってくるんだよ」

「くぐったら、どうなる？」

父は僕の躊躇を感じ取ったのか、ほがらかに笑った。

「アザミを理解できるようになる」

「…………アザミを」

この門をくぐれば、世界が変わる。

僕の価値観がすべて崩れ去り、再び組みあがって、その時にはアザミのことが分かるようになる。

彼女が何をしたら喜ぶのか。

何をしたら悲しむのか。

彼女が何を望んでいるのか。

何を遠ざけたいのか。

彼女の見ている世界が手に入る。友達を手にかけるかもしれない。自分で自分が分からなくなるかもしれない。

人を殺すかもしれない。

それでも、僕らが幸せなら。

それだけでいい。

「さあ、終」

「うん」

僕が望んでいたものだ。

一歩を踏み出そうとしたとき、ふと、後ろからすすり泣く声が聞こえた。

振り返ると、こちらに背を向けしゃがんでいる女の子がいた。制服を着ていて、どこか幼《おさな》さの残る背中から、中学生なのだと分かった。

「どうして……どうして……」

僕は彼女に近づき、肩に触れようとした。しかし、透けてしまう。

女の子は、アザミだ。

中学時代の、アザミ。

加奈茂が僕らが殺人鬼の子供たちであることを学校でバラし、僕らはいじめのターゲットになった。アザミは最初は耐えていたが、ある日、反抗してしまった。それにより相手は手ひどい怪我を負った。それは暴力事件となった。

そうして、僕らが離れて暮らすのが決まった日。

「嫌だよ、殺したくない……殺したい。違う、殺したくない。でも、……殺したい」

アザミの隣に、一人の男の子が寄っていく。彼も制服を着ている。彼女の姿を見て、どこかほっとした様子だった。

あれは、僕だ。

僕はそっとアザミに近寄って、隣にしゃがんだ。

「アザミ、探したよ。帰ろう」

僕がアザミの手を引くと、彼女はその手を振り払った。

「帰らない。私に帰る場所はない」

「……アザミ」

「生きてく場所がない」

「…………………」

「死にたいの。終、お願い。死にたい」

僕は何も言わない。

すすり泣く彼女をぼうっと見つめ、しばらくして、彼女にすり寄った。

「ねえ、アザミ」

僕はそっと語り始めた。

「そんなことないよ、とか。どこかにアザミが生きやすい場所があるよ、とか。そんな気休めは言わないよ」

「…………」

「僕らは、外れている。そうだよね」

「……うん」

「ニュースとか観てて思うんだ。この前、実父を殺した女の子がいたよね。父から性的虐待を受けてた。でも、そんなのは関係ない。人を殺したら捕まっちゃうよ」

「……そうだね」

「彼女が罪を償い、再び世に出てきたとき、すべてのことはチャラになってるのかな。虐待を受けた記憶も、父を殺した罪も、全部なかったこととして、新しい人生をスタートできるのかな」

アザミは視線を落とす。

「僕はそうは思わない。一度狂った歯車は戻らない。罪は消えない」

僕の言葉は確信に満ちていた。

「だから僕らは、外れた人間として生きていくしかない」

「……でも、そんなの、辛いよ。とんでもなく、辛い」

「辛いね。皆からは恨まれるし、殺されそうにもなる。皆が僕らを生きている価値がないと、世のために死ねと言う。実際に死んだ方が世のためかもしれない」

アザミは表情を歪めて、涙をこぼした。

僕はそれを指ですくう。

「でもね、アザミ」

「…………」

「それでも、幸せにはなれるんだよ」

「……幸せに」

「皆からは白い目で見られるかもしれない。石を投げられるかもしれない。でも、それでも、幸せにはなれる」

「でも、その幸せの形が、分からないよ。見えない」

「大丈夫。僕がいる」

アザミを抱きしめる。

「僕が必ず見つけて、アザミを幸せにするから」

アザミを放し、立ち上がると、アザミが顔を上げる。

「…………終」

「二人で幸せになろう」

手を差し伸べると、アザミはその手を取った。

「うん……！」

綺麗な笑顔だった。

「…………」

僕らのかつての影は動きを止め、砂のように崩れて風に乗って飛んでいった。

僕の誓い。

アザミを幸せにする。

振り返ると、父が僕を見ていた。さっきの光景を父も見ていたようで、苦笑していた。

「苦労をかけたね。でも、終の言う通りだ。二人で幸せになればいい。他の人に、その幸せを理解される必要はない」

「そうだね」

父は微笑み、「おいで」と手招きをした。

「だから父さん、僕はそっちには行けないよ」

父の表情が固まる。

「……どうして?」

「僕がそっちに行ったら、アザミを理解できるかもしれない。でも、この世界が理解できなくなる」

「それでいいだろう。そんなくだらない世界、理解する必要はない」

「そうじゃないんだ。……僕が門をくぐったら、確かに二人にとって幸せになれる。でもそれは、一時的なんだよ。すぐに崩壊する」

「うまくやれ。やり方は教えただろう?」

「違うんだよ。うまくやったとしても、それでも、アザミの苦しみは救えない」

いい、いい、いい。

殺したくない。

アザミはそう言っていた。

「………そうか」

「僕はこっちに残って、この世界の中で、彼女が幸せになる形を探す」

父は悲しげに笑った。

「殺人鬼の幸せは、そっちの世界にはない」

「そうかもしれない。見つからなかったら、その時にそっち側に行くよ」

僕が微笑むと、呼応するように父も微笑んだ。

「終の言うことは分かったよ。好きにするといい。どれだけ心配でも、手を出さずにそれを見守るというのも親の役目だね。……ただね、終」

「うん？」

「君たちにとっては、父さんたちが異常に映るかもしれない。でも、真に異常はそっちなんだよ。……見てごらんよ、後ろを」

振り返ると、死体でできた岸があった。

あれがどうやってできたものなのか、僕は知らない。

父の言うこともよく分からなかった。

詳しく聞こうと門の向こう側を見ると、父の姿はなかった。

その時、世界が震え始めた。波紋が広がり、波打つ。やがて僕は立っていられなくなった。バランスを崩し、転んだときに、そのまま地面が崩れ去り、僕はその穴に落ちていった。

4

「ゴホッ！　ゲホッ！」

喉が焼けるような痛みに咳《せ》き込《こ》んだ。

薄れた意識で光を認識する。

あれ。

さっきまで僕は、地獄にいたはずだ。そこで門を見つけ、父と会い、かつての僕らと邂《かい》逅《こう》した。

ここは廃工場のようだ。僕は相変わらず椅子に縛り付けられているようで、咳き込むたびに鎖が体に食い込んで痛む。

「なに⁉」

驚愕《きょうがく》の声。鷺森先生のものだ。

事態がようやく飲み込めた。

アザミが僕の首を絞めてからさほど時間は経っていないようで、アザミが鷺森先生に向かって歩いている途中だった。僕を殺したふりをして、彼女に近づくのだろう。鷺森先生は目を見開いて僕を見ていた。

僕が完全に死んだものだと思っていたのだろう。

アザミは先生のその一瞬の隙に間合いを詰める。拳銃を取り出そうとズボンに向かう右腕を、アザミはナイフで突き刺した。二の腕へ深く食い込む。アザミはさらにそれを九十度捻《ねじ》りながら引き抜いた。血が噴き出る間もなく、先生をその場に組み敷き、拘束した。

うつ伏せで左腕を背中にねじあげられながら、先生が叫ぶ。

「な、なんだ!?　どうした！　アザミ！」

混乱している。アザミは黙って、落ちた拳銃を拾い、先生の頭に突き付けた。先生はそれでつばを飲み、静かになった。

＊＊＊

右腕からの出血が激しい。痛みもひどかった。これでは拳銃を握るどころではない。左腕では狙いがうまく定まらないし、拳銃は役に立たないだろう。

そもそもアザミから拳銃を取り戻すのは至難の業だ。

「……どうしたアザミ。おふざけが過ぎるぞ」

どういうつもりだ?

アザミは橘終の首を絞めた。ゆっくりと、自分と同じ命が散りゆく様を目に焼き付けていた。橘終は痙攣し、筋肉が弛緩《しかん》して動かなくなった。

確かに橘終は死んだように見えた。

しかし、生きている。気を失っていただけだ。

アザミが手加減してそうしていた?

すぐに息を吹き返すことも予想していて、その隙に私を拘束する算段だったのか？

「アザミ、聞いているか」

「聞いてる。今からあなたを殺すから、じっとしていて」

背中に体重をかけられ、左腕もきつくねじあげられている。拘束を解くことはできない。

拳銃は使ったことがないのか。安全装置の外し方が分からないのだろう。拳銃をいじる音が聞こえた。

その時、蒼《あお》い顔をしてぐったりとしている橘終が言った。

「アザミ、殺すな」

アザミの手が止まる。

「……でも、終。こいつは色々知りすぎてる」

「それでもだ」

「……なんで？」

アザミの声には不満が混じっている。

「なんでも」

「……分かった」

アザミが拳銃を床に転がした。彼女が拳銃を手放したことで命を長らえたのはいいが、未だに意味が分からない。

「アザミ、どういうつもりだ」

「私はそもそもあなたの味方じゃない。そういうこと」

「……どうしてだ？」

終と何か仕組んでいたのかもしれないと思ったが、彼は驚愕の表情を浮かべていた。彼も知らないことだ。

「門をくぐった者同士。お互い望んでいるだろう？」

孤独なはずだ。理解者を求めていたはずだ。

佐藤《さとう》郁夫《いくお》。

私の婚約者。

付き合って二年、お互いを深く理解し合っていると信じていた。

しかし、ガラス越しに話す彼とはまるで話が通じなかった。

なぜ頭部を並べたのか。なぜ円形なのか。なぜ切り貼りして表情を作っていたのか。

そもそもどうしてこんなことをしたのか。

私と人生を共に歩めなくなるのに。

どうして。

どれだけ話しても分からなかった。

彼のことが理解できなかった。

乙黒了が捕まる前に、彼と一度だけ会った。それは偶然だったが、運命的だった。彼は私に門のことを教えてくれた。私が良き理解者になると、その印としてナイフをくれた。

いつしか私は門をくぐりたいと思うようになっていた。

だから、神が微笑んでくれたのだろう。

ある日、私の前に門が現れた。私は迷わずにそれをくぐった。

世界が、がらりと変わった。

こんなにも世界は素晴らしく、美しいのかと感涙した。

しかし、その感動を共有することはできなかった。佐藤郁夫の死刑は既に執行されていた。その虚《むな》しさは私の心を蝕《むしば》み、自分がおかしいのではないかという妄想に取り憑かれた。

乙黒了とは連絡先を交換していなかったし、他に門をくぐった者を知らなかった。

しかし、その時、思い出した。

乙黒了には子供がいる。

その子供は門をくぐっているはずだ。そして、私と同じように孤独を抱えているはずだ。

教えてやるんだ。

ここに門をくぐった人間がいる。

同じ嗜好《しこう》を持った者がいる。

君は一人じゃない。

自分の首を絞めたいという欲求。これは私が門をくぐってから生まれたものだ。これを使えば、彼らにだけ分かるような方法で、殺人ができる。

門をくぐったという証明にも——。

「あなた、門、くぐってないでしょ」

「なに……？」

アザミの一言で今までの思考が飛ぶ。

「何を言うんだ。私はくぐったぞ。確かに」

六年前に私の前に現れた。現実と疑わない存在感のある夜。そこで私は門を見た。それをくぐったことで、己の中のすべてが変わるのを経験した。

間違いなく門をくぐっている。

私は、理解者だ。

「あなたの感覚はズレている。鏡の前で自分の首を絞めることはある。でもそれは、自分を殺したいからじゃない」

「え？」

「殺人の衝動を抑えるための手段でしかないよ」

「……何を言ってる。私は確かに自分を殺したいという欲求がある。乙黒了も自分の首を絞めることがあると言っていた」

「でもお父さんは、自分を殺したいから、とは言ってないでしょ?」

それは、言っていないが。

「でも、私がそう思うんだ」

「だから言ってるでしょう。あなたは門をくぐってない」

「くぐった! 確かに!」

「ただの夢。門をくぐりたいと思う人間にはよくあるよ」

「夢……?」

違う。

そんなわけがない。

普通の夢とは違う濃度だった。現実の延長にあると直感した。あれは夢じゃない。そんなチャチなものではない。もっと神秘的な体験だった。

私を百八十度変える、すばらしい体験だった。

乙黒アザミが訥々と語る。

「自分を殺したい欲求。それに、変身願望のあらわれだよ」

変身願望。

「あなたは変わりたかった。誰かを理解するために生まれ変わるほどに変わりたい。門をくぐってなんかいない。あなたはね――」

――ただのこじらせた変態だよ。

「そんな人間に、私は理解できない」

「黙れ！」

そんなんじゃない。

そんな、チープな殺人者ではない。

右腕の痛みも構わずにめちゃくちゃに体をよじる。それによって仰向けになることに成功する。

「あぐぅっ！」

左肩をナイフで貫かれた。しかし構うものか、左腕を振ってアザミの頭を打とうとすると、彼女が頭の横にナイフを構えた。手のひらに刺さる。

「この！　ガキが！」

そのまま押し切る。ぶちぶちと手の中の何かが切れていく。それでもなおアザミに向けて力を入れ続けた。左腕の感覚が消えていく。

アザミは予想外だったのか、ナイフを抜いて私の上からどき、距離を取った。その隙に起き上がる。地面に落ちている拳銃を拾い、そのまろくに狙いも定めずに発射した。弾は廃工場の壁に当たっただけだったが、アザミを制止させるには十分だった。

「私はくぐったんだ！　私と違うアザミがくぐっていない！　私と違うというのが何よりの証拠だ」

アザミは銃口を見つめ、ナイフを構えている。

腕が上がらなくなってきた。このますべてが終わる前に、撃ち切る。

殺す。

門を汚しやがって。

「死ね」

それを呟いたのは、私ではなかった。二発撃つが、彼女は弾が発射される瞬間に銃口の延長線上からいなくなる。そうして私との距離を詰め、腹部を刺された。その勢いのまま再び倒される。

そのまま至近距離でアザミの頭を撃った。しかし、その瞬間に首を傾げられ、避けられる。

「アザミ、だめだよ」

ナイフを掲げたアザミに、橘終が声をかける。彼女の殺意を的確に感じ取っていた。

「でもやっぱり、こいつだけは殺しておかないと」

「いいや、先生には生きていてほしい」

「終……だめだよ。信じちゃ」

橘終は一瞬きょとんとした顔をして、意味を理解したかのように微笑んだ。そういうことじゃない、と言った。

「とにかく、殺しはだめだ。もう十分に無力化されてる」

「でも、こいつはすべてを喋るよ。そして私たちの生活を壊す」

「そうかもしれない。不安なら水次月にでも監禁してもらおう」

「………」

黙るアザミに、終がゆっくりと、まるで種明かしのようにつぶやいた。

「二人の幸せのためだ。アザミがまた捕まったら、今度は逃がせる自信がない」

……何？

こいつ今、なんて言った？

アザミはその言葉に納得したのか、ナイフを下ろした。

様々な情報が脳裏でつながりはじめる。

「橘、お前……」

まさか。

最初から噂になっていた。アザミが警察に捕まりながらも逃げられたのはおかしい。犯罪組織の介入があったのではないか――。

犯罪組織などではない。

アザミを逃がしたのはこいつだ。

橘終だ。

「ふざけてんのか」

乙黒アザミを世に放つ意味が分かっているのか？

自分は善人みたいな顔しやがって。

そもそも、接触したのが間違いだったのかもしれない。

橘終は、門をくぐっていないだろうと思った。彼が紐鏡殺人に関して興味を持っていたので、彼が私に接触してくるように、澤田を使って誘導した。彼はまんまと私に接触してきた。

アザミに対してどういう評価を下しているのか、それを知りたくてアザミに関する話をいろいろと振った。彼のスタンスは、アザミを止めたい。それだけであった。

やはり、凡人。

話せば話すほど、橘は門をくぐっていないことが分かった。それは最初から予想していた。中学時代の事件のことから考えるに、門をくぐったのはアザミだけだろう。

だからアザミをおびき寄せるための餌《えさ》として、橘を使うことにした。

そこから、間違いだったのか……？

こいつを凡人で、何もできないと侮っていたのが……。

「なんだったんだ……私は……」

理解したかった。

一緒に、幸せになりたかった。

「………」

首を横に傾けると、たてかけてあるガラスに自分の顔が映っていた。頭に拳銃をつきつける。

自分の顔が恐怖に歪んだ。

ああ、これだ。

死を前に恐怖する自分。

そしてそれを俯瞰《ふかん》する自分。

あなたの気持ちも分かる。

私の気持ちも分かる。

苦しいね、辛かったね。大変だったね。寂しかったね。

ただ、優しくなりたかった。

救いたかった。

トリガーにかけた指に力を入れていく。

自らの内に興奮が溢れるのが分かった。

殺してしまいたい。こんな自分を殺して、俯瞰する自分だけ残したい。優しくない自分なんかいらない。

世界に必要ない。

「郁夫……」

トリガーを引く。

破裂音は、すべてが終わる音だった。

＊＊＊

弾《はじ》け、血が飛び散る。発射音が反響し、やがて元の静寂に戻る。

鷺森先生の首が揺れ、動かなくなった。

僕には止める隙はなかった。アザミは止めようと思ったらできたはずなのに、ただ、見ていた。

「鷺森、先生……」

頭が向こう側を向いてしまって、顔を見ることはできない。

むしろ、見ない方がいいのかもしれない。

「おおうえっ」

その場に嘔吐する。鎖で巻かれているため、吐瀉物は僕の服で受け止めることとなった。

死。

死んだ。

まさか死ぬとは思っていなかった。

アザミがすくりと立ち上がり、僕を見た。

瞬間、さきほど首を絞められた場面がフラッシュバックする。呼吸が浅くなり、鼻の頭に汗が浮かぶ。瞼《まぶた》の裏が乾く。

「終……」

「あ、ああ……！」

アザミが一歩、僕に向かって歩みを進めた。それが、自分ではコントロールできない恐怖を呼び起こす。

死。

鳥肌が立つ。

無理だ。どうしても恐怖心が拭えない。

アザミのことは大切だ。理解したい。それでも「死」は全身が拒否してしまう。

「終、大丈夫だから」

アザミは、僕を殺す。

先に鷺森先生を処理しただけ。

アザミは鷺森先生を理解者と認めなかった。しかし、僕のことも認めていない。それを僕に教えたということは、つまり、僕と一緒にいるつもりはないということだ。

首を絞められた時は冷静を保《たも》てた。死を受け入れられた。

しかし、だめだ。

死を目の当たりにしてしまった。

怖い。

思い出す。

飛び出した小腸、いやに水気をふくんだぬめった音。よく分からない肉塊。苦しむ母の声。痙攣する体。

「やめろ!　来るなあ!」

アザミは僕の目の前に立ち、僕を見る。

くぼんだ穴のような、感情を映さない瞳。

足でコンクリートを蹴るが、椅子に拘束されているため、少しもアザミとの距離は開かない。

「……終」

アザミが僕を抱きしめる。吐瀉物が僕とアザミの間でつぶれて汚らしい音を立てた。

「大丈夫だよ」

涙声だった。

その声音で我に返る。

「私と終は確かに違う」

アザミが肩のあたりに顔をうずめる。涙なのか、その箇所が冷たくなった。

「たぶん、根本から違っちゃってる。大事なものが理解し合えてない。だから、怖い。分からないものは、怖いよ」

アザミの髪が香る。懐かしく、落ち着くにおい。どこか母性を感じさせた。

「だから終が私を怖がるのも分かる。でも、それでも、終。これだけは分かって」

「…………」

「私は、終を愛してる」

アザミは僕の体をいっそう強く抱きしめた。

嗚咽をあげる。

「この気持ちだけは、通じてほしい。お願いだから、終……」

「……アザミ」

そんなこと最初から分かっていた。分かっていたはずなのに。

自分の愚かさが嫌になる。

僕はアザミが怖い。同じようにアザミも僕が怖い。

分からないなんて、アザミだって一緒だ。アザミだって僕が怖い。それでも、アザミは僕を信じてくれていた。

どうして僕は疑ってしまうんだ。信じることを諦めて、受け入れるなんて言ってしまうんだ。

幸せにすると誓ったのに。

ぴたりと身体の震えが止まる。

「ごめん、アザミ……」

アザミが僕を殺すはずがない。僕を裏切るはずがない。

彼女は、生きてく場所がないと泣いていたじゃないか。僕の差し伸べた手を嬉しそうにとったじゃないか。

アザミのことはまだほとんど何も分からない。

それでも、これだけは。

僕に対しての気持ちだけは信じられる。

これが、僕とアザミをつなぐ、唯一の接点だ。

「僕も、アザミを愛してる」

「うん……！」

好き、と彼女が再び抱きしめる力を強くした。僕も抱き返したかったが、拘束されていてどうしようもなかった。

アザミの温《ぬく》もりが僕の心拍数を安定させていく。

大丈夫。

本当に大切な部分は、ちゃんと共有している。

◆エピローグ

学校が終わり、約束通りに喫茶店ＤｅＬに足を運ぶ。既に彼女は到着していたようで、黒い蒸《む》しパンを食《は》みながら僕に手を振った。

前回と同じ席だ。彼女の前に座る。

「また黒いもの食べてるのか」

「黒いものは不老長寿の効果があるんですよ」

「君、まだ高校一年生だろ。そんなの気にする年齢じゃない」

「女心が分かってないですねー。私は幼稚園児の時から若さを気にしてますよ」

「それよりもっと気にするところとかあると思うけどね」

性格とか。

僕がコーヒーを頼むと、「今日は奢りませんよ」と言われたのでキャンセルした。水だけをオーダーした。マスターが薄い笑みを浮かべて水を持ってきた。

果礎が外を眺める。夕方にもかかわらず、子供たちが店のベンチの周辺にたむろしてゲームをしていた。

「いやぁ、この街も随分と平和になりましたねー」

「そうだね」

紐鏡事件は終わった。

鷺森綾香《あやか》が犯人。それが警察と世の中が下した結論だった。

彼女の指紋と、今までの殺人現場に残されていた手鏡についていた指紋が一致した。そして鷺森綾香の家からは犯行現場に残されていたものと同型の手鏡とロープが多く残されていた。なんと、自らの犯行を記録したスナッフビデオのデータまで出てきたらしい。それらが決定的な証拠となった。

内心、自分たちのことを録画していなくてほっとした。

「でもなんだか、釈然としません」

「どうして?」

「鷺森綾香は廃工場で死んでいた。いつものように殺そうとして、その逆襲にあった。こういうことです。つまりは、彼女を殺した殺人犯がいる」

鷺森先生はアザミが押さえると、不気味な笑いを浮かべながら何かを呟き、自らの頭を拳銃で撃ち抜いた。

鷺森先生の死体は、僕たちの証拠を消した後、そのまま放置しておいた。見つかったのは一週間後だった。

「まあそうだけど、かなり争った形跡があったんでしょ？　それなら正当防衛みたいなもんじゃない？」

「うーん……」

果礎は腕を組んで悩ましげだった。

「私が橘さんを襲うとします」

「おう」

おりゃー、と言いながら僕をビンタした。ビンタのフリとか、僕の頬に手を置いたとかではなく、普通にビンタだった。急な首の旋回に筋が痛む。

「で、橘さんはナイフで応戦。右の二の腕を刺し、左肩も刺しました。私を無力化した。私だったらその時点で逃げ出しますね」

「君と殺人犯の思考が同じだとは思わないけど」

「確かに。では私の頭に血が上っていたとして、その場に残ったとします。私はあっさりと負けて組み伏せられてしまいました」

キャー、襲われるー。と自身の体を抱く。僕が冷たい眼差しを向けていると、話を続けた。

「そこで橘さんはナイフを捨て、拳銃を取り出します。そして側頭部を撃ち抜き、勝負に決着がつきました」

「そんな感じだろうな」

「ええ、現場にはナイフも拳銃も残されていませんでしたから、きっと両方とも被害者──今回は加害者の持ち物でしょう」

鷺森先生の拳銃は現場から消えていたらしい。

誰かが持ち出したということだ。

まあ、僕なのだけれど。

彼女が自殺し、辺りは静寂に包まれた。その中で拳銃だけが、何かを訴えているように僕には思えたのだった。もし何かがあるのなら、その聞き役は僕だろう。

「ねえ、不自然だと思いませんか?」

「何が?」

「なんで拳銃でとどめをさしたのでしょうか。鷺森綾香は両腕は使い物にならない状態で完全に無力化されていました。ナイフでそのまま刺し殺せたはずです」

「足が残ってるだろ。走って逃げようとした。そこで逃がすまいと拳銃で撃ち殺した」

「もしそうなら殺意がありますね」

「そうかもな」

「しかし、橘さんが語った推理は間違っています。脳と血液の飛び散り方から、鷺森綾香は仰向けに寝転んだ状態で側頭部を撃ち抜かれています。とても逃げられる状態じゃない。犯人は、そんな状態にある彼女の側頭部を撃ち抜いた。返り血を浴びるのを防ぎたかったのだと最初は考えましたが、ナイフでの刺し傷から見て、犯人は返り血を十分に浴びてしまっている。だから私はこう思いました。——鷺森綾香は拳銃自殺した」

鋭いな。

前回会った時から思っていたが、ただの探偵ごっこをしている高校生ではないようだ。

「でも、なんで自殺なんか？」

「さあ？　追い詰められて、醜く殺されるくらいなら大人しく死んでやろうと思ったのかもしれません」

「結局は分からないな」

「ええ、証拠は何もないんです。犯人の心の中なんか分からない」

「そうだね」

神楽果礎は鞄から何かを取り出した。大学ノートだった。推理ノートと表紙に書いてある。あまりに安っぽくてかわいらしかった。それを開いて読み直しているようだ。

「鷺森綾香の死を悲しんだ人間は大層多かったみたいですよ」

「そうなのか——」

「鷺森綾香は犯罪者のカウンセリングに熱心だったようです。誰よりも真摯《しんし》に犯罪者に向き合い、同情し、彼らの心のよりどころとなっていた。それによって見事に社会復帰を果たした犯罪者も多かったようです。聖母と、呼ばれていたとか」

聖母か。

似つかわしくないイメージだ。しかし、それは僕が彼女のそういった表情を見たことがないだけだろう。

彼女は傷付いていた。

いつも犯罪者を理解できないことを嘆いていた。

理解してあげたかった。それだけなのかもしれない。

「……優しい先生だからな」

「優し過ぎたんですよ。何でも過ぎれば悪です」

「…………そうかもな」

「でも、どこか悲しいですね」

「そうだね」

犯罪者を悪として、僕らを正義としたところで、本当の意味の悪なんていないのだろう。

正義も悪も同じことを言う。

ただ人のため、世界のために、と。

僕は水にちびちびと口をつける。

「それにしても、アザミはかわいそうだったな」

「そうですね。殺人犯にされて」

「結局は誤認逮捕だったってことだからな。そりゃあ逃げ出しもするよ」

「殺人犯よりそっちの方がよっぽど怖いですね」

アザミはまだ家に匿っている。

世間の様子を見て、この事件が皆から忘れ去られた頃にこっそり世の中に出そうと思っている。彼女が無実なのだと皆が認めたとき。それが僕とアザミの幸せの始まりだろう。

「でも、実は私、疑っているんですよ」

「……疑う？」

神楽果礎の瞳が妖《あや》しく光った。

「橘さんが、乙黒アザミを匿っているのではないか、と」

「まだそんなことを言っているのか。……まあただ、匿っていたとして、こういう状況だ。何も問題ないいんじゃないか？」

「いいえ。それなら話が変わってきます」

「どう変わるんだよ」

「この一連の事件に、一本の筋が通ります」

「……そうかなぁ」

「私は、そもそも乙黒アザミを逃がしたのも橘さんだと思っています」

「すべてが僕のせいみたいな物言いだな」

実際、アザミを逃がしたのは僕だけれど。

父の死体が発見された時点で、もしかしたらアザミが殺したのかもしれないと思っていた。だから彼女を尾《つ》けていたのだ。警察車両に細工をし、なんとか彼女は逃がすことに成功した。

まさか、僕の家にやってくるとは思わなかったけれど。

「乙黒了、千葉千代子《ちばちよこ》、神谷孝介《かみやこうすけ》、相良壮子、加奈茂佐芙、西松《にしまつ》よもじ」

羅列した名前は、どれも聞き覚えがある。

「紐鏡事件の被害者です。皆、刺殺された。体にはいくつもの刺し傷がありました。犯人が弄んだものと思われます。そして現場には一メートルほどのロープと、手鏡が残されていた」

「それがどうした?」

発表されている内容だ。

「そのうち、乙黒了と加奈茂佐芙。この二人は損壊が特に激しかった。もっと言うと、人の形をしていなかった。殺害方法が同じなので、警察では同一の加害者ということで処理をされています。が──」

「………」

「──私は、乙黒了と加奈茂佐芙を殺した人物は、鷺森綾香ではないと思っています」

「なるほど、新説だな」

「そしてその犯人こそが、乙黒アザミ」

恐ろしくなっていた。

僕とアザミを脅かすのは、警察や世間ではなく、神楽果礎なのではないかと確信した。

「根拠は?」

「言うと、隠されてしまうので」

「……あくまで僕がアザミを匿っていると?」

「最初からそう言っています」

「決めつけだなぁ」

そうでもないですよ、と神楽は人差し指を立てた。

「アザミの逃走を幇助《ほうじょ》した人物がいることは確実です。では、その人はどうしてアザミを逃がしたのでしょう?」

「さあ? アザミのお友達なんじゃないのかな?」

「だとしても、です。この法治国家日本で、犯人が逃げ切るなんてことはできない。街中に監視カメラはあるし、働くにしても女性は目立つ。逃げ切るのは不可能なんです」

「……………」

「逃がした人間は、分かっていた」

「……………」

「アザミを逃がしても生き延びられない。かといって彼女が人を殺したのは確かだろう。だから」

だから。

「アザミを家に匿い、その間に別の人間にアザミの罪を擦《なす》り付《つ》けることを考えた」

「………………」

「さっきからやけに無言が多いですね？」

「考えているんだよ、君の言葉を」

アザミが家に来るとは思っていなかった。これは本当だ。

だから、アザミが逃げている間に――。

その間に、別の人間にアザミの罪を着せようと考えていた。

アザミが人を殺しているかどうか、それは分からなかった。殺していないといいなと思った。でも、本当に分からなかった。だからきちんと、殺していた場合のことも考えなくてはいけなかった。

彼女はどうして乙黒了と加奈茂佐芙を殺したのか。

父については分からない。そもそも父とアザミしか知らないようなことも多いだろう。きっと、これからアザミを知っていくにつれて分かってくる。

加奈茂佐芙を殺す。

これこそが、アザミが僕の家に来た理由だったのだろう。

ちょっとやりたいこと、それは彼女を殺すことだった。

加奈茂は乙黒了に心酔していた。彼が刑期を終えて出てきた時に会おうとしたはずだ。

しかし乙黒了は死んだ。犯人は乙黒アザミ。

乙黒了を超えた存在となったアザミだったが僕がいる限り好きに殺人はできない。

加奈茂は乙黒アザミを目覚めさせたかった。

恐らく彼女も仲間が欲しかったのだろう。

僕を殺し、アザミを解き放ちたかった。

しかしその前にアザミに殺された。

結局アザミは、僕を守るために僕の家にいたのだった。

それを彼女が言わなかったのは、殺人計画を僕が許すとは思えなかったからだろう。今でも、たとえ僕が死ぬことになろうが、僕はアザミに人殺しをさせるほうが嫌だ。

「…………」

殺人は嫌いだ。

何よりも嫌悪している。

でも、僕はアザミを幸せにすると約束した。二人で幸せになると、そう言った。その言葉こそが、僕の生きる意味だ。

そのためにはアザミを自由にしなくちゃいけない。

澤田佐保子も、水次月も、紐鏡事件の罪を被せるのには無理があった。ふさわしい人間を探す必要があった。

しかし、神楽果礎が現れ、アザミが見つかるまでに時間がないことを悟った。

僕は、人を殺す覚悟を決めた。

鷺森先生に会ったあの日、人を殺してからアザミに会いに行くつもりだった。僕が紐鏡事件の犯人として捕まり、今までの犯行も自分がやったと告白する。

そのために紐鏡事件の犯人のモデリングをしたかった。鷺森先生に会って、最後に犯人像について細かいところも詰めてから行こうと考えていたのだった。

鷺森綾香が紐鏡事件の一部を担っていたのは、本当に幸運だった。

「裏の犯人こそが、橘終、あなたです」

「証拠もなしに、被疑者に推理を披露するなんて、間抜けな探偵だな」

「しかしこれであなたは私を殺せなくなりました」

僕を疑っている人物が死んだら、それこそ僕の疑いを濃くするだけだろう。

そもそも殺す気はない。

人は殺さない。

「僕をそんな殺人鬼みたいに言わないでくれよ」

「そうですね。確かにあなたは人を殺さない。でも、それより性質《たち》が悪いです」

「………………」

「自分たちのためなら、他の人間がどうなろうが興味がない。完全な悪です」

「決めつけで僕を悪だなんて」

悪だ。

分かっている。

「でもさ、神楽。正義も悪も、そんなのはただの立場による相対的なものだよ。絶対の基準があるわけじゃない」

「絶対の基準がありますよ」

「……それは？」

「私の良心が痛むか痛まないか」

その言葉に茫然《ぼうぜん》としていると、彼女が席を立った。店を出るつもりらしい。伝票を手に取る彼女に言う。

「世の中では犯罪者でも、君の良心が痛まなかったらどうするんだ？」

「それなら私が正義です」

「それを悪と言うんだよ」

彼女はそれに返事をしないで「では」と会計をすまして去っていってしまった。目つきが鋭くなってきたマスターを見ないふりをして、考えふけった。

鷺森先生は、世間的には間違いなく悪だ。

でも、誰がそれを判断しているのだろう。

きっと、多くの人々の共通する部分だけを抜き出した、良心というものなのだろう。それが鷺森先生を悪たらしめている。

悪とレッテルを貼ることで、それについては考えなくてよいと思考放棄している。

彼らはきっと、理解できないだけだ。

それだけの問題だ。

彼女の行動の大部分は「異常」で片づけられる。それだけ見れば誰にも――こちら側の人間には理解できない。

でも、それでいいのだろうか。

自分勝手で、適当な鷺森先生。

彼女が僕の頭を撫でた時の熱が、ほのかに残っている。

「……もっと、話したかったよ」

もしかしたら、ゆっくり話したのなら大事な部分は分かり合えたのではないか？

僕とアザミがただ一点でつながれたように。

この作品は書き下ろしです。

〈著者紹介〉

瀬川コウ（せがわ・こう）

1992年、山梨県生まれ。2014年、『完全彼女とステルス潜航する僕等』（フールズメイト）でデビュー。E★エブリスタ投稿の「謎好き乙女と奪われた青春」でスマホ小説大賞新潮文庫賞を受賞し、同作からはじまる「謎好き乙女」シリーズ（すべて新潮文庫nex）で一躍注目を集める。

今夜《こんや》、君《きみ》に殺《ころ》されたとしても

2018年1月22日　第1刷発行　　定価はカバーに表示してあります

著者……………………瀬川《せがわ》コウ

発行者……………………鈴木　哲

発行所……………………株式会社 講談社

〒112-8001 東京都文京区音羽2-12-21

編集03-5395-3506

販売03-5395-5817

業務03-5395-3615

本文データ制作…………講談社デジタル製作

印刷…………………………豊国印刷株式会社

製本…………………………株式会社国宝社

カバー印刷………………慶昌堂印刷株式会社

装丁フォーマット………ムシカゴグラフィクス

本文フォーマット………next door design

落丁本・乱丁本は購入書店名を明記のうえ、小社業務あてにお送りください。送料小社負担にてお取り替えいたします。

なお、この本についてのお問い合わせは文芸第三出版部あてにお願いいたします。

ISBN978-4-06-294105-1　N.D.C.913　318p　15cm